講談社文庫

雪密室

新装版

法月綸太郎

講談社

白い僧院は
いかに
改築されたか？

contents

目次・中扉デザイン　坂野公一(welle design)

雪密室

〈月蝕荘・平面図〉

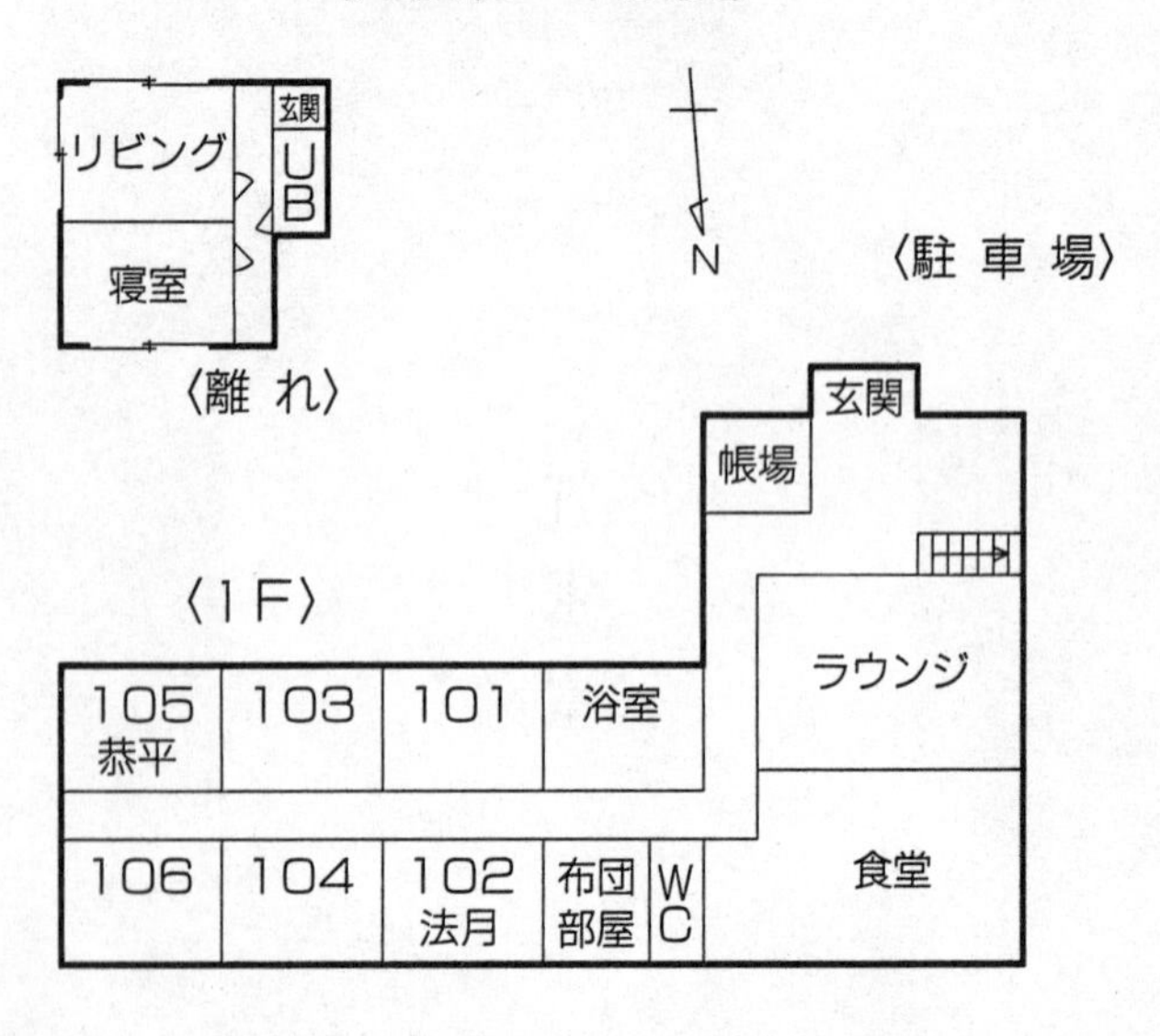

リビング
玄関
UB
寝室
〈離 れ〉
N
〈駐 車 場〉
玄関
帳場
〈1F〉
ラウンジ
105
恭平
103
101
浴室
106
104
102
法月
布団
部屋
WC
食堂

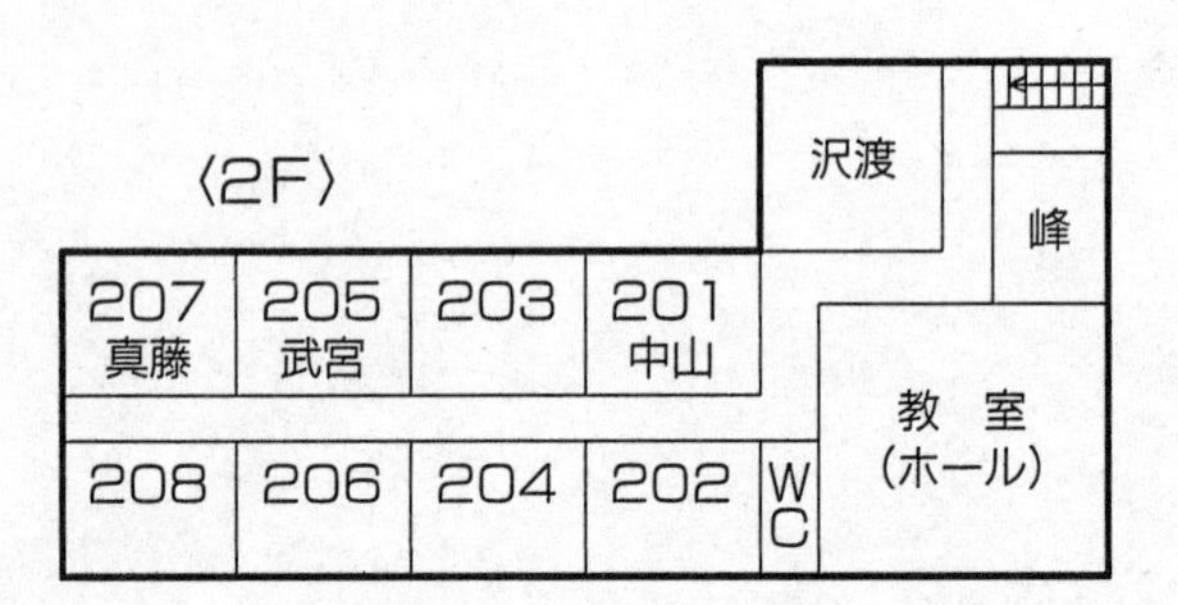

沢渡
〈2F〉
峰
207
真藤
205
武宮
203
201
中山
教 室
(ホール)
208
206
204
202
WC

引き裂かれたエピローグ　パート1

「わたしは、世界一しあわせな花嫁だわ」

鏡に向かって、早苗(さなえ)はそうつぶやいてみた。純白のウェディング・ドレスに身をつつんだ自分の姿に、思わず見惚(みほ)れてしまう。花嫁の控室にひとりっきりの今だけは、心おきなく夢見がちの少女の頃に戻ることができた。

周りを見まわすと、お色直しに備えて、色とりどりの刺繍(ししゅう)の入った花嫁衣装が、和装・洋装取りそろえて四着、それぞれの出番を待ちかまえている。早苗の誇りは、それらがすべて借物ではなく、自前で用意した最高級のものばかりであるということだった。

お父様、ありがとう。

早苗は心から、父親に感謝した。だれにも負けない立派な結婚式を挙げることは、あらゆる娘たちのあこがれである。これから始まる豪華絢爛(けんらん)なセレモニーのことを考えると、早苗の胸はいっそう高鳴るのだった。

あのひとは、今日はどんなだろう。

早苗は、新郎の顔を思い浮かべた。今朝ばたばたしている時に、一度顔を合わせたきり、ほとんど口もきいていなかった。私のウェディング・ドレス姿を見たら、あのひとはなんて言うかしら。「きれいだよ、早苗」「僕は世界一しあわせな花婿(はなむこ)だ」ちょっと意地悪に、「すごいドレスだな」とぼけた顔で、「まるで映画みたいだ」それとも、なにも言わずにキスしてくるかしら。

早苗は、頰(ほお)が熱くなってくるのを感じながら、ハートの形をしたチョコレートの包みを握りしめた。

今日は、二月十四日。指折り数えたバレンタインデーの挙式であった。

ドアにノックの音がした。

まだ式場に行く予定の時刻までには、ずいぶん時間がある。きっとあのひとが、待ちきれなくて、私の姿を見にきたんだわ。早苗は微笑(ほほえ)んだ。

「せっかちな人ね」と言いながら、ドアを開けた。

見たこともないサングラスの男が立っていた。

濃紺のジャケットにノーネクタイ。ラフな服装から見て、ホテルの人間ではない。

もちろん招待客であろうはずがなかった。

「あなた、だれ？」

「騒がないで」男はドアを閉めて、中から鍵をかけた。「怪しい者ではありません」

男はサングラスを外した。深い海の底のような瞳をしていた。乱暴なことをする男には見えない。

「僕は、法月綸太郎という者です」

「なんのつもりなの？　人を呼ぶわよ」

「およしなさい」と男が言った。「早苗さん、あなたに危害を加えるつもりはありません。ただしばらく、ここでじっとしていてもらいたいだけです」

「しばらくって」

「僕が、出てもいいと言うまで」

「冗談はやめて。式が始まってしまうわ」

早苗は男をドアの前から押しのけようとした。男は動かなかった。

「お願い、じゃまをしないで」

「あなたは外に出ない方がいい」

男の口ぶりには、逆らいがたい切実な響きがあった。

「どうして」

「これからちょっとした捕り物が始まります」男は哀れむような目で、早苗を見つめた。「あなたの大切なひとの腕に手錠がかかる場面なんか、見たくはないでしょう」

「どういう意味なの？」

男は首を振った。

「——彼は、殺人を犯したのです」

早苗は、その後のことをおぼえていない。

第一部

1

法月警視は午後六時すぎに井賀沼駅のホームに降りた。

オフ・シーズンのせいか、構内は閑散としていた。建物は夏に合わせた風通しのよすぎる造りで、暖房の効率も悪そうだった。

法月警視は車中で目を通したガイドブックの記述を思いかえしていた。長野県中部に位置する井賀沼の町は、避暑地として名が通っているものの、晩秋から冬にかけての季節に見るべきものはない。スキー場はもちろん、温泉さえなかった。今しも町自体が小さく身を折りたたんで、冬ごもりの準備に取りかかろうとしている。これから数ヵ月間、この山間の町は文字通りその存在価値を失ってしまうのである。

よほどのものずきかへそ曲りでないかぎり、わざわざこの時期を選んで井賀沼を訪れようとはしない。

迎えの車が来るまでに少し時間の余裕があった。警視は待合室の長椅子に腰を落ち着けて、煙草を一本灰にした。彼の他には青いコートを着た若い女がいるだけで、なんとなく古びた教会の礼拝堂のような雰囲気である。テレビの天気予報が気圧の谷の接近を告げていた。キャスターの肌の色が赤すぎるぞ、と警視は思った。田舎の駅のテレビは、どこでも色あいの調整に無頓着だ。

二本目の煙草に火をつけようとした時、なんの前ぶれもなくひとつの問いが警視の頭をよぎった。

俺はなぜこんなところにいるのだ？

その問いを待ちかねていたような素速さで、なにかが彼の意識に目隠しをした。用意されていたはずの答を、彼はつかみそこねた。

なぜだ？

ライターの石がかちっと音をたてた。まるでその音が合図だったかのように、次の瞬間には、得体の知れない不安感が警視の心の大部分を塗りつぶしてしまっていた。

またこいつだ、と彼は思った。

明確な対象を持たない、漠然とした不安感ほど手に負えないものはない。それがなんでもないときにちょくちょく顔を出すようになったらなおさらだ。

そういう不安とのつき合いを重ねていくと、まるで自分自身が内側から少しずつ削ぎおとされて、だんだん薄っぺらになっているような気分になる。自分で自分をコントロールするのに、ひどく手こずるようになる。

年のせいだろうか？　法月貞雄はうんざりしながら自問した。俺は年をとって、臆病になってしまったのかもしれない。認めたくはないが、昔はこんなことなどなかったのだから。少なくとも自分の現在の場所について、頭を悩ましたりはしなかった。他のすべての条件があいまいな時でも、自分が立っている地点だけは確固としていた。自分自身の存在は、常に自明のものであったはずだが——。

警視はかぶりを振って、考えを切り替えようと努めた。どうしてそうつまらないことにばかり注意を向けてしまうのか？　もっと現実に即して考えるべきだ。少なくとも俺が今ここにいる理由は、はっきりしているはずだ。思い悩む必要など、かけらもない。

彼は煙草に火をつけ直し、ゆっくりと煙を吸い込んだ。

法月警視を初冬の井賀沼へ招いたのは、半月ほど前に届いた一通の奇妙な招待状だった。今は彼の旅行鞄の中に収まっている。

差出人の名は、沢渡冬規。名前は知っていたが、直接の面識はない。井賀沼での逗留先となる『月蝕荘』のオーナーである。

招待状の文面はひどくそっけないもので、見方によってはぶしつけとさえとれた。ワード・プロセッサで打ち出した必要最小限のあいさつと、場所および日時の指定、それだけである。招待の趣旨にはひとことも触れていない。しかも出欠を選ぶ自由すら、こちらには与えられていないようだった。ただひとつ目を引くのは、招待主の名の下に添えられたラヴェンダー色のペン書きのサインであった。

――篠塚真棹。

その署名を目にした時、法月警視はついに来るべきものが来たことを知った。

警視は一週間の休暇を申請し、希望は即座にかなえられた。年次休暇が残っていたとはいえ、並みはずれたスムーズさでことが運んだのは確かである。その点に疑義をはさむ者もないではなかったが、むしろ周囲の人間の驚きは、仕事中毒の典型のような法月警視が、自発的に一週間も職場を離れることを願い出たということに集中したのだった。

彼の息子とて、その例外ではなかった。

「休暇ですって？　お父さんが」綸太郎はそう叫ぶなり、絶句してしまった。

「そんなに驚くほどのことなのか。ただ休みをとるだけじゃないか」

綸太郎は穴があくほど警視の顔を見つめて、

「――まさか、体の具合が悪いんでは」

「おいおい」

「ひょっとして、僕にないしょで再婚の相手を見つけたんですか、お父さん？」

「いいかげんにしろ」

とは言ったものの、綸太郎が不審がるのも無理からぬことではあった。実のところ、この件に関しては綸太郎も決して無関係ではない。しかし警視はこの〈休暇〉の真の目的について、息子にはひとこともうちあけないで家を出てきた。もし『月蝕荘』での集まりにこの俺が呼ばれた理由を知ったなら、あいつはどんな顔をするだろうか？

警視は二百キロ離れた東京に残してきた息子のことに思いをはせた。

綸太郎は今頃、原稿用紙に向かってうんうん言っているだろう。人一倍遅筆なくせに、新作長編の締切直前まで遊び歩いていたツケが回ってきたのである。あいつにはいい薬だな、と警視は思った。自分の好きな道で飯を食っているんだ、たまにはそうやって苦しむのも悪くない。

彼の息子は、最近少しずつ名の売れ始めた探偵小説作家である。時々、父親が抱えている難事件に勝手に首を突っ込み、だれも考えも及ばないような方法で鮮やかな解決に導いてくれることがある。世間では〈名探偵〉と呼ばれることだってある。しゃくだから面と向かって言いはしないが、あれはあれで一種の天才にちがいない、と警視は思っている（いや、それどころか、本当は自慢の息子なのだ）。

青いコートの女がこちらを見つめていることに、警視は急に気がついた。彼が目を向けると、気まずそうに視線をはずした。女は眼鏡をかけていた。

その時になって初めて、女の存在が気にかかりはじめた。彼は女の方をそれとなく観察しないではいられなくなった。

女は彼と同様、旅行鞄を携えている。この土地の人間ではないのだ。どうやら警視と同じ列車でここに着いたらしい。よほどのものずきかへそ曲りでないかぎり、わざわざこの時期を選んで井賀沼を訪れようとはしない。

警視の脳裏にひらめくものがあった。

女が時計をのぞくしぐさをした。つられて警視も腕時計に目を向けた。六時半。迎えの車が来る約束の時間だった。女が立ち上がり、警視もそれにならう。女はあらためてこちらを見やった。警視は帽子を取ってにこやかに会釈をした。女の表情が、初めてやわらいだ。

きれいな笑顔に、形のよいえくぼができた。

二十歳(はたち)を少し出たぐらいだろうか？　大きな黒い目に比して、顔の作りがこぢんまりとしている。どちらかといえば野暮ったい感じのする眼鏡も、彼女の魅力をそこなってはいない。綸太郎が入れこみそうなタイプだ、なんて無責任なことまで考えさせた。

警視は女の笑顔が消えないうちに尋ねた。

「失礼ですが、もしかしたらあなたも『月蝕荘』に招かれた方ではないですか」

「ええ」と女がうなずいた。「中山美和子(なかやまみわこ)と申します」

「やはりそうでしたか。では私もお仲間になりますよ。法月といいます。法律の法に、月蝕の月」

「珍しいお名前ですのね」

「面目ない」

なにが面目ないのか知らないが、警視がそう答えると、美和子は花のように微笑んだ。

「荷物をお持ちしましょう」

「ありがとう。でも大丈夫ですわ。だってご自分のと二つでは大変でしょう」

「そんなことはありません」警視は年がいもなく胸を張って言った。「親切は素直に受けるものです」

美和子は眼鏡のブリッジを指でこすった。

「じゃあ、お言葉に甘えて」

法月警視はうやうやしく美和子の旅行鞄を持ち上げて、

「では、行きましょうか」

二人は正面出口に向かって歩きはじめた。

駅舎を出ると、外はすっかり陽が落ちて、冷たい夜気に満ちている。見回すと、駅前の車寄せに濃紫のＢＭＷが停っていた。あたりには他にそれらしい車の影はない。着いたばかりという感じではなかった。たぶん六時前から、そこに停っていたのだろう。ずいぶん屈折した気配りの表現だな、と警視は考えた。

二人が車に近づくと、ＢＭＷのドアが開いて、中から五十がらみの男が舗道に降り立った。

男は完全な白髪だった。

「お待ちしていました」

とその男が言った。

白髪の男は、篠塚国夫と自己紹介した。

「真棹の夫です」

サイド・ブレーキを戻しながら、篠塚が言い足した。その口調にはどこか弁解がましい響きがあった。

後部シートの二人は、妙にしらじらしく口を閉ざしている。美和子の表情も、さっきより堅かった。車だけがなめらかに滑り出した。

「――お二人とも、井賀沼は初めてでしょうね」

「ええ」

「本当は夏がいいんですよ、このあたりは。まだそんなに俗化してなくて、軽井沢や清里みたいにかしましいOL族に荒らされていませんから。落ち着けるし、なにより空気がいいんです。緑が多くて、風景がやさしくて、適度に不便で、静かでくつろげる土地ですよ。ただ来年あたりちょっとブームになりそうで、少し心配してはいるんですがね。なんとかいう歌手の母親が店を出す準備をしているらしいんです。ミーハー人気で、OLや女子大生がこぞって押し寄せてきたら、こんなちっぽけな町はいっぺんにパンクしてしまいますよ。そんなことにならないように、打つ手があるといいんですがね——」

篠塚はそれだけしゃべってから、初めて気づいたとでもいうように言い添えた。

「でも残念ながら、冬場はだめです。お二方とも今回はあきらめて、家の中に閉じこもっておられた方が無難でしょう」

「——よくこちらへいらっしゃるんですの？」

篠塚の饒舌につい誘われたような感じで、美和子が尋ねた。

「日数をかぞえたわけではありませんが、一年の三分の一ぐらいはこっちにいるような気がしますね。実際、東京でのせちがらい毎日には、ほとほとうんざりしています。最近では、向こうでのビジネスライクな生活が幻で、この井賀沼での生活の方が現なのではないか、なんてよく考えますよ。もともと私にはそういう逃避的な一面があったのかもしれませんが、やはりこの土地の持つ不思議な魔力みたいなものがよけいにそう思わせるのでしょう」

無論、その前提として、一生遊んでいても暮しに困らない莫大な富の裏づけが必要だ。法月警視は篠塚の言葉に対して、皮肉な感想を抱かずにはいられなかった。

篠塚国夫は、父親から少なからぬ財産を譲り受けた。それに都心の土地だって〈不思議な魔力〉を持っている。黙っていても、巨額の地代と信用を産み出すという魔力を。篠塚の言うビジネスとは、しょせん税金対策のための複雑怪奇なテクニックに他ならないことを、法月警視は知っていた。

「もっとも井賀沼を知ったのは、比較的最近のことですがね。妻の前の亭主がここでペンション経営みたいなことを始めたのがきっかけですから、ちょうど四年前になりますか」

「それが『月蝕荘』なんですね」

「最初はひどい建物でしてね、廃屋同然の掘立小屋で、苦行僧みたいな生活をさせるんです。別れたばかりなのに、あの頃から真棹はなにかと言うとこっちに来たがって、私もその度にお供をさせられて――あれはまだ前の亭主に未練があるんじゃないかな。

いや、それはともかく、初めのうちは、ずいぶんいい迷惑だと思ってましたよ。いい年をした大人が林間学校に行くようなものでしたから。ところがいつの間にかこの土地がすっかり気に入ってしまいましてね。沢渡氏とも、今では大の親友ですから、人間わからないものです。やはり土地に魅入られたんでしょうか。

それにしても、前の建物はあまりにもひどかったのでね、二年目の冬に全部取り壊して、新しくちゃんとしたものを建て直したんです。それが今の『月蝕荘』です。妻を通して、私もいくらか資金を出しましたが、前とはくらべようもないぐらいきれいな造りですよ。お二人ともきっと満足されるでしょう」

「では、奥様もペンション経営の方に参加されてらっしゃるんですか？」

「いいえ」ハンドルを切りながら、篠塚が答えた。「真棹はそんな悠長なことのできる女ではないです。『月蝕荘』は沢渡氏の独立経営ですよ。そのかわり、私たち夫婦は『月蝕荘』の客として、恒久的にもっとも厚い待遇を受ける権利を得ています。その方がずっと賢明な投資だと思いますよ。正直な話、『月蝕荘』の敷地の中に、私たち夫婦専用のコテージがあるほどなんです」

車は起伏の多い山道にさしかかっていた。ウインドウの外は濃い闇に沈み込んで、時おり目に入る町の灯も遠ざかっていくものばかりである。

くつろがない姿勢のままで、美和子がゆっくり言った。

「オーナーの沢渡さんというのは、どういう方なんですか」

ルーム・ミラーを介して、篠塚の視線が警視の目に重なった。まずい予感がした。

「彼については、私なんかより法月さんの方がずっとよくごぞんじなんじゃありませんか」

俺を会話に引き入れようとしているな、警視はとっさにそう察した。美和子がこちらに顔を向けた。

「お知り合いでしたの？　私てっきり――」

「面識はありませんよ」

「法月さんはご職業がら、そういう事情に通じてらっしゃるんですよ」

「篠塚さん、かんべんしてください。私は休暇中の身なんですから」

「あの、一体なにをなさっているんですか、法月さんって」

「こちらはね、泣く子も黙る桜田門の鬼と呼ばれる、警視庁の法月貞雄警視です」

「まあ」美和子は目をまるくした。「そんなに偉い方だなんて知らずに、ずいぶん失礼を――」

偉い方、か。警視は内心で苦笑した。現場の捜査警視というのは、本庁では別に偉くもなんともない地位である。本当のお偉方とは、警察庁の庁舎のずっと上階のオフィスにおさまって、人事権を取りしきっている連中のことをいうのだ。しかし、ここでそんなことを言っても、始まらない。

「かまいませんよ。今も言いましたが、休暇中の身です。どこにでもいるただのおじんですから、どうか気になさらないで」

そうは言ったが、すでに美和子の表情にはぎごちない堅さが忍び入りつつあった。警視はなんとか話題を変えようとした。篠塚の思い通りになるのはしゃくだが、仕方あるまい。

「沢渡冬規氏といえば、霞が関では伝説的な人物なのです。東大工学部を経て、マサチューセッツ工科大(MIT)で最新のシステム工学を修め、帰国後、財閥系のあるシンク・タンクの所長に就任しました。当時二十九歳という若さでしたから、大抜擢(ばってき)といえるでしょう。マスコミでもかなり騒がれました。

翌年、そのずば抜けた才能を買われて防衛庁に招かれ、新しい防空システム開発のプロジェクトに参画します。彼はこのプロジェクトの事実上のリーダーとして、来世紀を見越したわが国独自の画期的な防衛システムのプログラムを作り出しました。この新システムの大要は現在でも最高機密に属していますから、詳しいことはわかりませんが、いまだに彼の先見性が驚異の的となっているのは確かなようです。

その業績だけで彼の将来は約束されていたようなものだったのですが、ある日突然、沢渡氏は公私にわたるすべてのポストから身を引き、早すぎる引退生活に入ると宣言したのです」

「なにかスキャンダルがあったのですか？」

先回りして、美和子が尋ねた。

「そういう噂もありました。いわゆる『燃えつき症候群（バーント・アウト・ケース）』の一例だと言う人もいました。しかし本当の理由は、結局はっきりしなかったのです。もちろん沢渡氏の才能を惜しんで、多くの人々が彼を翻意させようと手を尽くしたのですが、そんな努力もすべて徒労に終りました。相前後して真棹夫人とも離婚し、この井賀沼に引きこもって隠者同然の暮しを始めたというわけです。四年前のことでした。現在では新興宗教のようなものに凝って、すっかり人が変ってしまったという噂が伝えられています」

「それは少しちがいますよ」篠塚が異議をはさんだ。「親しい友人として言わせていただくなら、沢渡氏はあくまでも理性の人です。そんじょそこらのキリストもどきといっしょにしては失礼じゃないですか。彼は慎重な意識改革論者で、怪しげなところなんてこれっぽっちもありませんよ」

「いずれにしても、とてもエキセントリックな方みたいですわね」と美和子が言った。

「ご安心なさい。ふだんの沢渡氏は人当りのいい紳士ですよ。それに役者顔負けの好男子でもある」

「それは楽しみですわ」

「沢渡氏は再婚されないのですか」と警視は訊いてみた。

「いっしょに暮している女性はいますよ。峰裕子という人ですが、今のところ再婚相手と考えてはいないんじゃないですか。むしろ熱狂的な信者という感じですからね。でも彼女、料理の腕は名人級ですよ」

警視が本当に尋ねたい核心の部分はもう少し先にあったが、まだそれに触れる時期ではなかった。美和子が質問を継いだ。

「招かれているのは、法月さんと私だけなんでしょうか」

「いえ、もっとにぎやかですよ。お客さんがあと三人。武宮さんというお医者の方。それに著名な陶芸家の真藤氏と、お嬢さんの香織ちゃんです。純然たるゲストはそれで全員ですが、今回はさらに沢渡氏の実弟の恭平君も参加されます。それからもちろん、私たち夫婦も末席を汚させていただきます」

合わせて十人、と警視は頭の中で勘定した。顔ぶれを見るまでは断定できないが、おそらくその中の五人が獲物なのだ――この俺も含めて。

「ほら、見えてきました」

篠塚が示した方に目を向けた。

黒い木々の重なりの切れ目から柔らかい光が洩れている。そこに白い破風が見えた。

　篠塚は右にハンドルを切った。タイヤが砂利（じゃり）をはじき飛ばす音。開けた視界の先に、ぽっかりと浮かび上がる白亜の館（やかた）。

「『月蝕荘』です」と篠塚が言った。

　聞き取れない声で、美和子がなにかつぶやいた。

　警視はなにも言わなかった。

　彼の心は影に覆われていた。半刻ばかり前に追いはらったはずの不安が、再び形を変えて彼に襲いかかってきたのである。

　よりによって、なぜこの俺が選ばれたのだろうか？

　他のだれかではなく、なぜこの俺が？

　人里離れた山荘、見知らぬ人々の集い、そこに放り込まれたひとりの老いぼれ警官――法月警視はつきまとう妄念を振りはらおうと、強く、強くかぶりを振った。

　しかしそれはすぐには去らなかった。

2

『月蝕荘』はL字形をした二階建の建物である。その名から連想されるような暗鬱（あんうつ）

なムードは、あまり感じられない。むしろ山の分校を思わせる簡素な造りだった。

L字の短辺の突端に当たる部分が玄関ポーチで、その左手の空地が駐車場代わりのスペースになっている。マイカー組の先客だろう、すでにそのスペースは半ば埋められていた。

白のプレリュード。同じく白のライトバン(年式はかなり古い)。ダーク・グレイのベンツ。

「恭平君とは入れちがいになったみたいだな」

プレリュードに目をやりながら、篠塚がつぶやいた。

一方、玄関脇に張り出したひさしの下には、五百ccのバイクが一台、立てかけられている。その無造作な置き方からして、客の車ではない、と警視は判断した。たぶんここの主人の愛車なのだろう。

「沢渡氏は四輪がきらいなんです」

その考えを読みとったかのように、篠塚が教えてくれた。

「それであなたがわざわざ駅まで迎えに来られたのですか」

「ええ」

「ご迷惑だったのでは？ そう言ってもらえば、タクシーでも拾って——」

「今の時期、井賀沼ではタクシーなんて走ってませんよ。だいいち私はここでは客というよりも、合法的居候といった方が近い身分ですから。まあ、遠慮せず存分にこき使ってやってください。それに新しいお客さんの顔は真っ先に見ておきたい性分なんです」

そう言いながら、さっそく篠塚はBMWのトランクから二人の荷物を運び出しにかかっている。年齢を感じさせないきびきびした身のこなしで、他人に奉仕するのが楽しくて仕方がない、というような顔をしていた。

妙な男だ、と警視は思った。

荷物は篠塚に任せることにして、車から離れた。足下から目を上げると、駐車場の反対側に小さな離れが建っている。気象観測用の百葉箱（懐かしい言葉だ）のデラックス版といった感じの、しゃれた家である。

美和子がふりかえって、篠塚に尋ねた。

「あれがさっきおっしゃっていたコテージですか？」

篠塚は顔を上げて、うなずいてみせた。

「とっても可愛らしいデザインですね」

美和子の評に、しかし篠塚は少し首をかしげて、

「妻の趣味なんですが、私にはいささかついていきかねるところもありますよ」

「まあ。そうかしら」

「少なくとも、私には『月蝕荘』の方が落ち着けますね」

玄関の方から物音がして、入口の扉が開かれた。モヘアのセーターにコーデュロイのスラックス、足にサンダルをつっかけた背の高い男がポーチに姿を見せた。

「やあ、いらっしゃい」

男は警視の方へ気さくに声をかけた。警視はコートのポケットにつっこんでいた両手をあわてて引っぱり出し、とりあえず控え目に礼を返した。その後ろで、美和子もお辞儀をする。ちょうど警視の肩を盾にするような格好になった。

なんと言ってあいさつしようかと考えているうちに、篠塚がトランクを閉めて、車の陰から歩み出てきた。ポーチの男は階段を二、三歩降りながら、彼に言った。

「篠塚さん、どうもすみません」

「いえ、ちっともかまいませんよ」

ポーチの男がだれであるかは一目瞭然だったが、警視は念のため篠塚に目で尋ねた。

「こちらは『月蝕荘』のオーナー、沢渡冬規氏」篠塚がようやく紹介した。「私の方がずっと年上だと言うのに、彼にはいつも頭が上がりません」

「この人の言うことを真に受けちゃいけません」沢渡は笑いながら言った。「こんな調子で、おいしいところはみんな自分がさらっていく名人なんだ」

「はは、あなたにかかっては、私もかたなしだ」まんざらでもないような口調である。「どうです、私の言う通りでしょう、法月さん？」

警視はさりげなく肩をすくめた。すかさず沢渡が言った。

「ご活躍は息子さんの本でよく読ませていただいてますよ、警視さん。『月蝕荘』へようこそ」

「その〈警視さん〉というのだけはかんべんしてください。せっかくの休暇がだいなしになりそうな気がするもので」

「これは失礼しました、法月さん」

沢渡はくったくのない口調で言う。それから彼の目は警視の肩を通り越し、美和子をとらえて、

「こんなへんぴな山奥までよく来ていただきました、中山さん。きっと他にご予定もあったでしょうに、無理を言って申しわけありませんでした」

「いいえ」美和子は首を振った。「こちらこそ、お招きを受けて光栄ですわ」

だが、その答にはどこかとってつけたような響きがある。

ふいに後ろで木々がざわめいた。美和子が寒さに思わず身をすくめる。白いものが一条、闇の中をつっとよぎって、警視のコートの肩で止まった。

肩をなでた警視の指先に冷たい感触を残して、それは消えた。

「——雪、のようですね」

美和子が空を見上げた。星はない。

「そういえば、天気予報で雪になるって言ってませんでした？　駅で」

警視はうなずいた。

「今年は初めてですね」と沢渡が言った。

「冬規さん」

女の声がした。

「いつまでお客さま方を寒風の中に立ちんぼうにしておかれるつもりですか」

屋内に目を向けると、玄関ロビーに、ジーンズにエプロン姿の女が立っていた。年格好は二十七、八歳ぐらい。髪をシニヨンに編んで、ほっそりとした顔だちを強調している。女にしては、かなり背が高い。

「ああ、こりゃしまった」沢渡は手の甲で額を軽くたたいた。「すみません。気が利かなくて。さあ、どうぞ中に上がってください。篠塚さん、荷物をひとつこっちへ。僕も手伝いますから」

「冬規さんったら、いつもこうなんですよ」さりげなくスリッパをそろえながら、女が言った。「自分がペンションの主人であるという自覚が足りない方ですから」

と言われた沢渡は、すっかりばつの悪そうな表情で、

「こちらは峰裕子女史。ごらんの通り、『月蝕荘』を実際に切り盛りしているのは、この方です」

「どうぞ、よろしく」峰裕子はぴょこりとお辞儀をした。

「こう見えても彼女、教育心理学を専攻された才媛でしてね。こんな山奥に埋もれさせておくのは惜しい方です」

篠塚が言い添えた。

「まあ、素敵」

「お料理の腕も確かとうかがいました」警視はとぼけた調子でいった。「つまり、私は旧弊なたちでして」

峰裕子が目じりで笑った。なかなか知的な笑みだな、と警視は思った。

するといきなり奥の方で、かん高い口笛のような音がした。峰裕子は跳び上がった

（あまり知的な跳び方ではなかった）。

「あら、おヤカンかけっ放し！」

そのまま脱兎のごとく、駆け戻っていく。左足が不自由らしく、少し引きずる癖があることに気がついた。

「面白い子でしょう」と沢渡が言った。

「ええ」

「でも初めはあんなふうではなかった——峰達彦って作家、ごぞんじでしょう。そのお嬢さんなんですが、お家がいろいろわけありで、感受性がいちばん鋭い年頃にずいぶん苦労があったみたいです。最初にここに来た頃なんて、本当に大変でした」

「三年前の秋でしたねえ」篠塚が言った。

「なにか、あったのですか」

「まあ、そうですね」篠塚は言葉を濁した。

「後で本人に訊いてごらんなさい——もし興味がおありでしたら」

沢渡はなぜかひどく含みを持たせるような言い方をしてみせた。警視はそれが気になった。

「ラウンジで、他の方と顔合わせされますか？　それとも、先にお部屋の方に？」

「とりあえず、お部屋にいってみます」と美和子が答えた。「法月さんは?」

「私もそうしよう。部屋はどこです?」

「中山さんは二〇一号、二階に上がって手前寄りの部屋です。法月さんは一〇二号です。すぐそちらの部屋になります」

「彼女は、私が部屋まで案内しましょう」すかさず、篠塚が言った。

「じゃあ、お願いします」

沢渡はごく自然な物腰で応じた。してみると、こういうやりとりは二人の間では当り前のものなのだろう。

篠塚は美和子の旅行鞄を抱えると、すっかりものなれた足取りで美和子を先導した。

「では、ラウンジで」

美和子が警視に小さく頭を下げた。二人は階段の方へ姿を消した。

「一〇二号はこちらです」

「――とても不動産業界の影の仕掛人と噂されている人物には見えないですな」

廊下を歩きながら、警視は思わずそう洩らした。

「おや、彼のこと、ごぞんじでしたか」

「そうですね、確かにエスタブリッシュメントの一員らしからぬ人です」

「いつもああなんですか」

「ええ。初めは僕も遠慮があったんですが、篠塚さんはああいうふうに人の世話を焼くのが趣味なんですよ。だからここにいる間だけでも、好きなようにしてもらうことにしているんです。あれも一種のストレス解消法なんでしょう」

「ほう」前夫の方は、いろいろ気を使っているようだ。

「でも、それを言ったら、法月さんだって、桜田門のお偉方には見えませんよ」

「――おほめの言葉と受け取っておきましょう。ところで、あの中山さんというのは、なにをなさっている方です？」

「モデルさんとうかがってますが」

「道理できれいな女性だと思った」

「篠塚さんの奥さんのお友達ですよ」沢渡はずいぶんと他人行儀な言い方をした。

「今回のゲストは皆、あの人の人選ですから」

「なるほど」

「交際範囲の広い人です。でもまさか法月さんのような方とおつき合いがあるとは思いませんでした」

「息子を通じて、少し面識がある程度ですが」警視は言葉を濁した。だが必ずしも嘘をついているということにはならない。

「まあ、お互いさまですか」と沢渡は苦笑した。

二人は、〝102〟とプレートされた扉の前に来た。

泊まり客の個室は、東西に延びる長辺の棟に割り当てられている。一階には、真ん中の廊下をはさんで、左右に三室ずつ。警視の部屋は棟の北側で、廊下の東隣りが一〇四号室、手前は布団部屋である。

沢渡がドアを開いて先に入り、中の灯りをつけた。

「どうぞ」

部屋は簡素なロッジ風の洋室だった。

意外に広い。左手に二段ベッド。正面に窓があるが、今は厚手のカーテンがかかっている。壁は羽目板張りで、まだ汚れは目だっていない。衣装ダンスと、十二インチのテレビ。なかなか居心地のよさそうな部屋だった。

警視は荷物を床に下ろした。毛足のつまったじゅうたんが敷きつめられている。

部屋の真ん中に、なぜかロッキング・チェアが置いてあった。沢渡が苦笑しながら言った。

「設計段階ではもっとギムナジウム風の内装を意図していたのですが、途中でいろいろな要素を取り込まざるを得なくなって、若干様式は混乱していますよ」

警視は部屋の中をぐるりと一巡した。

「私には様式うんぬんはよくわからないが、このロッキング・チェアは気に入りそうです」

どこかから、さらさらという音がかすかに伝わってくる。警視は足を止めて、耳を澄ませた。

「——水の音がしますね」

「ええ、建物の裏手に渓流があるんです。耳ざわりでしたら、部屋を替えましょうか?」

警視は手を振った。

「いいえ、とんでもありません。耳ざわりどころか、心が洗われるような音です。こんな気持ちのいい音を聞くのは久しぶりだ」

沢渡がうれしそうに顔をほころばせた。

「篠塚さんもそうおっしゃったんです。最初にここに来た時に」

「私もこの土地に魅入られつつあるということですかね」

「ああ、篠塚さんの決まり文句ですね」

「――ここでは苦行僧のような生活をさせられる、と彼に聞いたのですが」

「あの人は大げさなんです」沢渡は身ぶりを加えながら言った。「まあ、それに近い試みもなかったわけではありませんが、昔の話ですから、ご心配には及びません」

警視は目を細めて尋ねた。

「ある種の精神的な教化施設のようなものを目ざしていらっしゃるのですか」

それを聞いて、沢渡はにやりと笑った。

「妙な噂を聞いてこられたみたいですね」

「いえ、そういうわけではありませんが――」警視は口ごもった。

「そう取られても仕方がないとは思うんですが――まあ、今ここで説明するのもなんですから、ご迷惑でなければ、後からゆっくりお話ししましょう」

沢渡の表情には、特に気分を害した様子はない。

警視はうなずいた。

「ああ、それから窓なんですが、網戸がはめ殺しになっているので、片側しか開きません。若い人たちが、勝手に窓から出入りしないように作ってあるんです。どうかがまんなさってください」

「それぐらい、気になりませんよ」

「では、私は先にラウンジの方に行ってますから」

部屋を辞そうとする沢渡を、警視は呼び止めた。

「あの、電話をお借りしたいのですが」

「電話ですか。ロビーのカウンターにあるのをお使いください」

簡単に荷ほどきして、部屋を出た。

ロビーには人影はなかった。時計を見ると、午後七時を少し回っている。警視はカウンターの電話の受話器を取って、東京の自宅の番号を回した。

「もしもし」綸太郎の不機嫌そうな声が出た。

「俺だ」

「ああ、お父さん」

「いま『月蝕荘』に着いたところだ。清潔な落ち着いたペンションで、オーナーの人柄もいい。こっちは万事順調だ。小説は進んでいるか?」

「さっぱりですよ。まだだれも死なない」

「情けない声を出すな。自業自得じゃないか。夕飯はどうするつもりだ？」

「ピッツァの出前を頼みましたよ。バイトの女子高生が届けてくれるんです。ねえ、お父さん」

「なんだ」

「井賀沼行きの目的はなんです？」

「――ただの休暇だ」

「あいかわらずですね。でも僕は信じないですよ」

「勝手にしろ」

「ねえ、お父さん」

「なんだ」

「そっちは寒くなるそうですから、風邪をひかないように気をつけてくださいよ」

「わかったよ。おまえこそ、あんまり無理はするなよ」

「それはちょっとむずかしいな」

「そうか――じゃあ切るぞ」

「どうぞ」

警視は受話器を置いた。

さっきは見過ごしていたが、カウンターの上に奇妙なものが置かれていた。ガラスケースの中に、ツノガイのような形をした銀色の細い彫金細工が収められている。

一体、これはなんなのだろう？　警視はその不思議なオブジェにじっと目をこらした。

3

ラウンジを訪れた法月警視を真っ先に出迎えたのは、黄色いチョッキを身に着けたシロクマだった。

そのシロクマは警視の腰の高さぐらいの背たけがあって、前後の足をアメンボのように、それぞれ四十五度の角度で突き出している。表情はおだやかで、凶暴性はないようだった。

するとシロクマの体がすっと宙に浮いて、その鼻先が警視の胸のあたりまでせり上がってきた。

「あくしでち」とシロクマが言った。

相手がどうやら握手を求めているらしいと気づいて、警視はシロクマの右前足を軽く握ってみた。それだけでは失礼に当たるかもしれないので、念のため、他の三本とも握手を交わした。

シロクマは、至極ご満悦のていである。

警視はふいに悪戯心を起こした。シロクマの体を両手で素速く抱え上げ、肩車をするように頭の後ろにまたがらせた。

髪の柔らかそうな小さい女の子が、目と口をぽかんと開いて、警視の顔を見上げていた。

「お名前は？」

「ぐ、ぐりもお」女の子は、シロクマの声色で答えた。

ラウンジいっぱいに笑い声があふれた。

女の子は進退きわまったというような顔をしている。手前のストゥールに腰を下ろしていたごま塩頭の老人が、破顔しながら立ち上がって、こちらへ歩み寄った。やせぎすで、手足のひょろ長い体つきは、蜘蛛を思わせる。女の子の頭に骨ばった手を軽く置いて、やさしく声をかけた。

「おまえの名前を訊いてるんだよ」

幼女は老人の顔を見つめ、それからもう一度警視に目を戻した。警視はせいいっぱいの笑顔をつくり、あらためて言った。

「お名前は？」

「ま、真藤きゃおり。みっつです」

「娘の香織です」老人が言い添えた。「私は、真藤亮と申します。鎌倉で陶器づくりをしています」

「法月です。初めまして」

「のりっぴぃ？」香織が不審そうな目をこちらに向けた。

「の・り・づ・き」

香織はよくわからない、というように首を振り、急に警視のスラックスを引っぱりはじめた。

「ぐりもおー」

どうやらそれは、警視が取り上げたシロクマのぬいぐるみの名前らしい。彼はぐりもおを肩から降ろして、香織に返してやった。

香織は、彼女にしかわからない符牒を使って、ぐりもおとの間で意思の疎通を図った。それから父親の耳に可愛い鼻をくっつけるようにしてぼそぼそとなにか吹き込んだ。

「法月さん」と真藤が言った。

「何でしょう」

「この娘はあなたに、ぐりもおと同じように肩車をしてもらいたがっているようです」

その場の雰囲気は、警視にとって非常に不利なものと化しつつあった。長椅子に腰を沈めて、ずっとなりゆきを注視していた篠塚が、やおら口を開いた。

「もう後へは引けませんな、法月さん？」

その場にいた他の人々（沢渡と、まだ紹介されていない二人の男）も賛意を示した。これで警視は、本格的に後へは引けなくなってしまった。

警視は香織の両腋に手を入れて抱き上げ、肩の上にまたがらせた。香織は興奮して、警視の頭をぴしゃぴしゃ叩いた。

「香織、法月さんに皆を紹介してあげなさい」

気楽そうに真藤が言った。香織は「はい」と答えるかわりに、警視の耳を引っぱった。

「きょおへえっ」

と叫ぶなり、沢渡の隣りにすわっているブルーのカーディガンを着た二十代半ばの青年を指差した。年齢差を別にすれば、顔の作りが沢渡とそっくりである。

警視は青年の前に歩み寄った。青年が立ち上がった。

「沢渡恭平です」

「よろしく」警視はできるだけさりげなくあいさつした。

「警視庁の方とお聞きしましたが」

「ええ」警視は肩をすくめた。

「僕も官庁勤めなんです」

「どちらですか？」

「＊＊省です」

「若きエリートですよ、彼は」篠塚が口をはさんだ。「官房三課、ですからね」

「それは大したものだ」

「いえ」と恭平は若者らしくはにかみながら、手を振った。しかし、エリート呼ばわりされること自体に全く抵抗感はないようだった。

兄の沢渡が、咳払いした。

「僕はかなり反対したのです。弟の官界入りには」

「兄さん」

「あの世界で生き延びていくためには、相応の犠牲を覚悟しなきゃならない。それなのに、そこで失うものに見合ったものが手に入るとはかぎらない。すべてをなくしてしまうことだって珍しくないんです。そうじゃありませんか、法月さん?」

警視はうなずいた。

うなずいてしまってから、そうすべきではなかったのではないかと思った。

恭平は顔をしかめていた。兄の言葉に反発をおぼえたのか? それともその言葉を簡単に鵜呑みにしてしまう老警視(キャリア組の出世コースを阻まれて、エリートになりそこねた男だ)に腹を立てているのか?

あるいは、彼自身、兄の言葉の正しさをよく知っているのかもしれない、と警視は思った。のし上がっていくことがすべてを正当化するとはかぎらない、もし恭平がそう考えているのなら、俺がここにいることもあながち無意味ではない。

警視は経験を重ねた賢人らしく、警句のひとつも吐いてみたい誘惑に駆られた。しかし彼は、この場にふさわしい文句をひとつも思いつかなかった。

いきなり髪を引っぱられて、警視はわれに返った。

「きょおへえ、おわり! つぎ、こっち」

香織は馬に拍車をかけるように、警視の脇腹を蹴った。警視はたまらず、香織の言う通りにした。

「たけみや、せんせえ」

ストゥールに腰かけた四十がらみの男を指して、香織が言った。一見して、きざっぽい男である。カシミヤのVネック・セーターからのぞいた肌には、銀のネックレスが下がっていた。

「武宮俊作（しゅんさく）です。青山で歯科クリニックを開業しています」

甘いマスクに似合わぬ低い質感のある声で言った。婦人客のお得意が多いにちがいない、と思いながら、香織を振り落とさないように警視は軽く頭を下げた。

「法月綸太郎という作家のミステリを読んだことがあるんですが――」

「息子です」

「なるほど」と武宮が言った。「タイトルはちょっと度忘れしましたが、あれは面白かった――トリックは平凡だったけど」

「ほう」とだけ、警視は言った。

「法月さんも、真棹さんのお友達なわけですか？」

「まあ、そんなものでしょう。息子方面の知り合いですよ」

「ああ」と武宮はおざなりにうなずいて、「僕はあの人の口腔内方面の知人でしてね」

篠塚がくすりと笑った。

わざわざ笑うほどのジョークでもないが、と警視は思った。

「お連れの女性の方がいらっしゃるはずでは？」と武宮が尋ねた。

どうしてこの男は、俺の目をまっすぐ見ようとしないのだろう？　警視は急にそのことが気になりはじめた。

「私といっしょに着きましたよ。モデルさんだそうですから、着替えの整理にも時間がかかるんでしょう」

と警視が言い終らぬうちに、やおらドアが開いて、美和子がラウンジに入ってきた。生成り（きなり）の丸首セーターに着替えているせいか、初めの印象より若干幼く見えた。

「遅くなりました」

警視の肩の上で、また香織が暴れ始めた。どうやら興味の対象が美和子に移ったらしく、早く下ろしてくれとせがんでいる。警視は香織を床に下ろしてやった。

香織は地に足がつくなり、美和子目がけてダッシュした。

「ゆりりん、ゆりりん」

とうれしそうに連呼しながら、美和子のスカートにまといつき始める。突然の歓迎に、美和子はあっけにとられて声も出ない。

篠塚と武宮はあいかわらず無邪気にその光景を笑って見ている。沢渡兄弟も同様である。美和子はパニック寸前だった。警視はさすがに後ろめたい思いがして、ぬいぐるみのぐりもおを人質に取ろうかと真剣に考えはじめた。

「香織、そんなにはしゃいでると、お姉ちゃんにきらわれるよ」

見かねて真藤が言った。そのひとことで香織はおとなしくなった。

「驚かせてすいません。私が甘やかしているもので」

「みんなやられたんですよ」篠塚が面白がりながら言った。「入ってきた時にごらんになったでしょう？　法月さんの肩車」

美和子はうなずいて、警視の顔を見ながらえくぼを作った。香織がそれを真似て、にっこりと笑った。美和子も香織に笑いかけ、それから彼女を抱き上げた。

「お姉ちゃんは、中山美和子っていうの」

一瞬、香織は首をひねりかけたが、気を取り直して言った。

「あたち、きゃおり。真藤きゃおり」

二人はすぐになかよくなったようだ。男たちが美和子にそれぞれ自己紹介をすませてから、警視は真藤に尋ねた。

「ゆりりんと言ってたのはなんですか？」

「ぐりもおの次にお気に入りの人形なんです。だからきれいなお姉さんは、全部ゆりりんと同じに見えるんでしょう」

警視は美和子の方に目をやった。武宮と、代官山のブティックかなにかの話をしている。特に変わった様子はない。いきなり知らない女の子が跳びかかってきたら、だれだってびっくりするだろう。美和子の場合は、その反応が少しオーバーだったにすぎない。それだけのことだ。

仮にそうでなかったとしても、俺が首を突っ込むような問題ではない。深入りすれば、事態がややこしくなるばかりだ。

警視はぬいぐるみと戯(たわむ)れる香織に目を戻した。

「可愛い盛りですね」

「ええ」真藤はだらしなく目じりを下げた。「ひとり娘なんですよ。ずっと子供がなかったから、あきらめかけていたんですが、紫綬褒章(しじゅほうしょう)をいただいた年に、降って湧いたようにできましてね」

「女の子というのはいいですね。うちは息子だけですから、こういう可愛い時期もなくって」

「実際、大きくなるのを見ているだけで、日々が楽しいですな」真藤はしみじみと言った。「私も老い先短い身ですが、娘を嫁に出すまでは絶対にくたばるまい、と思いますよ」

「意外に、あっと言う間ですよ、きっと」

「その時になったら、今度は惜しくなるんでしょうな」

そう言って、老人は笑った。

「ぱあぱー」香織が真藤の背中にしがみついてきた。そのため二人の会話は中断を余儀なくされた。

それにしても高齢すぎる、と警視は内心で思った。香織とは孫といっても不思議でない年齢差がある（——俺と同じ理由かもしれない）。

警視は立ち上がって、ラウンジの隅まで行った。そこに灰皿がある。子供もいるのでなるべく控えるつもりだったが、今はむしょうに煙草が吸いたくてたまらなかった。

最初の一服で、いくらか緊張がほぐれたような気がした。かまえすぎるな、と警視は自分自身に言い聞かせた。どうせ物事は、なるようにしかならない。

あらためて警視はラウンジを見回した。今は一同、和気あいあいとしているように見える。だがまだ肝心の人物が現われていなかった。招かれた人々の素顔が明らかにされるのはこれからなのだ。

急に煙の味が神経にさわって、長い吸いさしのままもみ消してしまった。できることなら、そんな素顔など目にしたくない、と彼は思った。平穏を望む善良な人々の秘密の領域に、正当な理由なしに踏み込むような真似はしたくない。

彼らの醜い素顔は、もう見飽きている。彼らの哀れな素顔は、すでに見過ぎている。なぜ俺に新たな犠牲者をまた押しつけようとするのだ？

中山美和子。

真藤亮。

武宮俊作。

沢渡恭平。

そして、この俺自身。

よりによって、なぜ俺が選ばれたのだろうか？

他のだれかでなく、なぜ——。

だめだ、と警視は思った。俺の手には負えない。俺はこんな茶番劇には耐えられない——。

「どうかしたのですか？」

篠塚が尋ねた。警視は小さく首を振った。

「いや、なんでもありません」

ダイニング・ルームに通じるドアが開いて、峰裕子が濡れた手をエプロンで拭いな

がら出てきた。

「食事の支度ができたんですけど、皆さんもうおそろいですか？」

「肝心の真棹さんがまだなんだ」と沢渡が答えた。

「まあ」

「七時半には着くと言ってたんですがね」と篠塚が言った。「困ったやつだ」

「でもこんな時間まで電車が走ってるんですか」と美和子が尋ねた。

「大丈夫です。妻は自分の車で来ますから」

「なにか急なご用事でも？」

篠塚は首を振った。

「大した用事ではありませんよ。向こうで急に人に会うことになっただけですから。

妻が持っている株の銘柄で、ひとつ大きく値を下げたのがあったらしい」

「それは大変だ」

「本当は大騒ぎするほどのことではないんですが。もったいぶって私たちをじらした

いのが、本音でしょう。ほっておいて、先に始めたってかまいませんよ」

「そうも行かないでしょう」と武宮が口を出した。「だって今日の集まりのメインは奥さんですよ。その当人をはずして、始めるわけにはいかない」

「ちょっと待ってください」と警視が言った。「そのことでひとつ皆さんにお訊きしたいことがあるのですが」

「何です」

「今回のこの集まりですが、一体なんのために開かれたものなのでしょう」

「決まってるじゃないか――」と言いかけて、武宮は急に口ごもった。

「武宮さん、ごぞんじではないのですか?」

武宮は大きく喉(のど)を上下させた。

「い、いや、確かに言われてみれば、私もよくわからない」

「実は、私もそうなのです」と真藤があいまいな態度で言った。

警視は美和子の方を見た。彼女も黙って首を振った。

「僕なら知ってますよ」と恭平がいきなり言った。「ねえ、兄さん」

それを聞いて、篠塚がにやりと口の端を上げた。その表情をくずさないまま二、三歩後ずさって、長椅子に腰を沈めた。沢渡が彼の方を横目で見ながら、口を開いた。

「別に隠すようなことじゃありません。今日は真棹――さんにとってのちょっとした記念日で、それをお友達の皆さんといっしょに祝おうとしただけです。ささやかな集まりで、他意はありません」

急に真藤が大きく咳払いをした。そのタイミングが悪かったせいか、皆の視線が彼に集まった。

「いや、失礼」

「――記念日って、なんの記念日ですの？　お誕生日？」

「真棹さんは六月生まれだ」と武宮が言った。「バースデイ・パーティーじゃない」

「なんの記念日です、沢渡さん？」

警視が尋ねると、沢渡はまた篠塚の方を盗み見た。篠塚はそんな沢渡の躊躇(ちゅうちょ)を楽しんでいるように見える。彼が言った。

「私に遠慮することはないですよ。そもそも真棹が言い出したことなんですから」

「結婚記念日です」沢渡が唐突に言った。「――私たちの」

恭平が非難がましく、鼻を鳴らした。沢渡は弟をにらみつけた。恭平はなにか言いかけたが、やめて、床に目を落とした。

篠塚が警視に小声でささやいた。

「私がさっきそう言ったでしょう、真棹はまだ彼に未練があるんじゃないかって」

赤の他人のゴシップを話題にしているような、気がねのない言い方であった。

妙な男だ。あらためて警視はそう思った。

「そんなことはどうだっていいんです」峰裕子がいらだたしげな声を出した。「いま訊いてるのは、食事の時間のことなんですけど。皆さんをまだお待たせするんですか？　それとも――」

沢渡は手を上げて、彼女を制した。ラウンジの時計がちょうど八時を指したところだった。彼が言った。

「あと十五分だけ待つことにしよう。それでも彼女が来なかった時は、先に始めることにします」

篠塚真棹は、八時十三分に『月蝕荘』に着いた。

4

「遅れてごめんなさい」

真棹は黒テンの毛皮のコートを篠塚の腕に押しつけると、前の夫の頬にいきなり唇をつけた。沢渡は無感動な表情でそれを受けた。

彼女は深いグリーンの、ゆったりしたスーツ仕立てのドレスを着ている。メイクは全体に控えめだが、アイラインが強調されていた。そして眉の曲線と唇の形が、均整のとれた顔だちになまめかしい印象を与えているのだった。

成熟した、美しい女だった。しかも自分を美しく見せる術を心得ている。四十を過ぎているはずなのに、三十代の半ばにしか見えない。生まれつき人を惹きつける力を備えながら、さらにその力を伸ばし続けることに余念のない女である。

危険な女だ、と警視は痛切に感じた。

「交渉が長びいたのかい？」へりくだった物腰で、篠塚が尋ねた。

真棹は首をひねり、肩を小さくすくめてみせた。篠塚は黙ってうなずくと、コートを片付けに行こうとした。真棹が彼に言った。

「車にちょっとした荷物があるの。私から、皆さんにプレゼント。あなた、ついでに取ってきてくださらない？」

「――それで遅くなったんだね、買物で」

「そうなの」真棹はいたずらっぽく笑った。「キーはコートのポケットに入ってるわ」

篠塚はラウンジから出ていった。

「彼に対する君の態度には感心しないな」沢渡は堅い表情で言った。

「あなたにそんなことを言われる筋合いはないわ」

「しかし――」

「それに篠塚が望んでいることなのよ、あれは。いつもそう言ってるじゃないの」真棹は言葉を切って、急に体の向きを変えた。「『月蝕荘』へようこそ、法月警視」

「お招きにあずかって、光栄です。奥さん」

真棹は唇の端に微かな笑みを浮かべた。人に見せるための微笑ではなかった。右耳にだけつけたダイヤのイヤリングを深紅に染めた爪の先でもてあそびながら、言った。

「送っていただいた本、面白く読ませてもらいましたわ。ご自慢の息子さんはお元気?」

「おかげさまで」警視はことさらにゆっくりとした口調で答えた。「あいかわらず締切に追われてますが」

「それは大変」

真棹はまた笑みを浮かべた。今度は、これ見よがしの、嗜虐(しぎゃく)的な笑みであった。警視は、思わず目を伏せた。

目を上げると、真棹は武宮と話していた。沢渡が警視の目の前でため息をついた。

彼が言った。

「イヤリングに気がつきましたか？」

「片耳だけでしたね。ああいうのが、流行りなんですか？」

沢渡は首を振った。

「もとは結婚指輪の石なんです。僕が贈ったのを細工しなおして、イヤリングにしたんですよ。毎年、きょうの日にはあれをつけてくるんです」

警視は沢渡の顔をまじまじと見た。沢渡は眉根を寄せながら、口許にあいまいな笑みのようなものを浮かべた。

ドアの外で篠塚の声がした。両手がふさがっているらしい。沢渡はドアを開けに立った。

警視がなにげなくふりかえると、香織がぬいぐるみをしっかり抱きしめて、父親にぴったり体をくっつけている姿が目に入った。

真棹は半ダースばかりの年代物のワインを買い込んできていたが、彼女の予想に反して、今夜のメニューは鶏の水たきであった。土地の農家から、じかに買いつけた地鶏の肉だという。

議論の末、結局ワインの栓はすべて抜かれることになった。真っ先に乾杯の音頭を取ったのは、もちろん真棹である。峰裕子の料理の腕前をほめた篠塚の言葉に嘘はなく、法月警視は水たきと冷えた白ワインが、かなりいける取り合わせであることを初めて発見した。

食卓での会話は、ワイン通を自認する武宮が、ひとくさりその知識のほどをひけらかすことから始まった。しかし武宮の講釈があまりにも押しつけがましいものだったせいか、話の輪の中心は、すぐに『月蝕荘』の主人へと移って行った。

沢渡はグラス一杯のワインですぐに顔が真っ赤になってしまったが、アルコールは彼の舌の動きをいっそうなめらかにするようだった。沢渡が最も興味を持った話題は、陶器作りに関することで、土の選び方から焼窯（やきがま）の温度のことまで、事細かに真藤を質問責めにした。

「――しかしこういう技術的な問題は、実際に作品を鑑賞する際には、あまり関係ないですな。できあがったもののよしあしは、手でさわってみればすぐにわかります。よいものは、触れた時に暖かい」

「その触感というのは、やはり土のよしあしが一番ものをいうわけですか？」

「基本的にはそうなんでしょうが、どうしてもいちがいに言い切れないものがありましてねえ」

「と言いますと」

真藤はあごをなでながら、おぼつかなげに首をひねり、

「同じ土を同じようにこねて、同じ形を作り、同じ温度で同じ時間焼いても、絶対に同じものはできないです。科学的に緻密に分析すれば、それなりの理由はあるんでしょうが、それにしても、どうしても説明のつかない部分が存在するのですよ。これは私がそう思ってるだけですが、たぶん作り手の中に創造のエネルギーの波みたいなものがあって、それがこの手を通じて土の中に流れ込んでいく、そのエネルギーの量の多少が、でき上がったもののよしあしを左右するんじゃないかと。作り手の血が通った作品とはそういうことを指しているのではないでしょうか」

「では、陶器づくりの真髄は、自分の中の創造に向かうバイブレーションを鍛え上げることにあり、と言えそうですね」

「鍛え上げる、という表現はどうですかな。私の感じではもっと受動的な、自然の持つリズムにすりよっていくという身のふり方に近いものがありますよ」

「ほう」沢渡はすっかり感心したふうである。

「ずいぶん熱心なのね」真棹がからかうように言った。「真藤さんに弟子入りでもす

るつもり？」

「――それも悪くない」

「またあなたの悪い癖が始まったようね」

「なんのお話ですか、悪い癖というのは」

警視は箸を休めて、話に加わった。真棹がこちらを向いた。

「よくぞ訊いてくださったわ。冬規さんはいい年をして、子供みたいな人ですの。無器用なくせに、楽器や工芸に夢中になって、真剣にのめり込んでしまうんです」

「いいじゃないですか。私など、趣味もない、芸もないで、いつも息子に馬鹿にされている。うらやましいぐらいです」

「趣味の域にとどまっているうちはいいんです。この人の場合は、熱の入れ方が尋常でないから困るんです」

「男の方って、皆そんなものじゃありません？」美和子が若い女らしい一般論で、沢渡を弁護した。

「いいえ」真棹はきっぱり首を振った。「実際にごらんになったら、そんなふうには言えませんわ。自分だけ夢中になるならまだしも、周囲まで巻き込むからよけい始末に負えません」

「僕は皆に押しつけたことはないよ」沢渡が反論した。

「ええ、そうでしょうとも。でも現実にこの『月蝕荘』は、一年のうち半分はギター学校や、工芸教室になってしまうのよ。たとえ無理強いはしなくても、皆引きずり込まれてしまって当然だわ」

「ギター学校ですって？」と美和子。「沢渡さんがお教えになるんですか」

「まあ、そういうことになりますが、腕は素人ですよ」

「下手っぴいだわ」

「真棹、あまり茶々を入れては、失礼だよ」と篠塚がたしなめた。「それに沢渡氏のギターの腕前は玄人はだしです。ねえ、峰さん」

「ええ」峰裕子はうなずいた。「でも冬規さんが教えるのは、演奏の技術ではないんですよ。大事なのは、ライフ・スタイルなんです」

「ライフ・スタイル？」警視はおうむ返しに、沢渡に水を向けた。

「そうです。問題はライフ・スタイルです」

沢渡はグラスを警視に向かってちょっと掲げると、残っていたワインを空けた。

「もともと僕は自分自身のパーソナリティーを再構築するために、この地に引っ込んできたのです」と沢渡は続けた。「それまで僕は、ハイテクと最新の情報工学によってでっち上げられた、新しい統治システム装置の中枢部にいて、自分こそ日本を理想の未来へと導いていく現代の司祭にふさわしい男、と誇大妄想的なうぬぼれを抱いていました。それが、あるきっかけから、自分は誤っており、手に入れたと思っていたものが、すべて幻影にすぎないことを悟ったのです。

それは、僕という人格の危機でした。この危機を克服し、均衡を失ったパーソナリティーを回復するために、学ぶことに時間を費やそうと決意したのです。その足がかりとして、まず自分自身が身軽であること、そして自給自足生活を行なうことを検討しました。いいかえれば、実用的な技術を身につけるということです。ただし、自分を社会から完全に隔絶しようとは思わなかったので、中間的な隠遁形態として、ペンション経営を選択したわけです」

「しかしパーソナリティーの回復を、実用的な技術の習得と結びつけるのは、いささか前近代的な考え方ではありませんか？」

「そんなことはないです。情報科学には、サイバネティクスという概念がありますが、これによって生理学と心理学を統合して論じる学者もいます。現に、臨床心理学上、サイバネーション療法といって、運動機能を自らコントロールする訓練を通じて、アイデンティティーを回復する治療法が実践されているほどです」

「なるほど」と警視は言った。

「もっともこの考え方はエスカレートすると、神秘主義に到達するおそれがありましてね。元来、人間とは生活必需機能を寄せ集めた精巧なロボットにすぎない、と説いたグルジェフなんかの思想が入ってくるんです。そこまで行ってしまうと、ちょっと危ない目で見られることになります」

一同は食卓から、再びラウンジへ座談の席を移した。沢渡が、ストゥールに腰を下ろしながら言った。

「どこまで話しましたっけ？」

「ここの経営を始めたところ」と真棹が言った。「まだこれからが長いのよ」

「最初に取り組んだのは、金属工芸でした。全く自分と縁のないことから始めようと思いまして。ただし、やるからには徹底してやろうと決心して、道具を一式買いそろえて。溶接のための酸素バーナーもありますよ。鋳金（ちゅうきん）、鍛金、彫金、ひととおりやりました」

「ロビーにあったツノガイみたいなオブジェ、ひょっとしてあれはあなたの作品ですか」

沢渡は微笑んで、

「お気づきでしたか。いえ、あれは作品なんていうほどのものじゃありません。あんなへんてこりんな格好をしてますが、実用品です」

「実用品？　一体なんですか」

「表に離れがあったでしょう」

「ええ。篠塚さんのコテージとうかがってますが」

「そう、あそこの入口の鍵なんですよ」

「あれが。鍵ですか？」

沢渡の話にはうんざりしているはずの真棹が、ここで得意げに首を突っ込んできた。

「ロビーに飾ってあるのはスペア。もうひとつは私が持ってます」

真棹はバッグの中からキーホルダーを取り出した。カウンターのガラスケースに収められていたものと寸分たがわぬ形で、ただ色だけが金色でちがっている。真棹は誇らしげに、それを見せびらかした。

真藤が感嘆の声を上げた。

「こっちの方面は専門外ですが、かなりの技巧が必要でしょう、これだけのものを作るには」

「ひょっとして純金ですか？」と武宮。

「まさか、メッキに決まってますよ」

「なんだ」

「これが鍵の刻みになってるんですか」と警視が尋ねた。

「ええ」

「じゃあ、錠の方も？」

「僕の手作りです」真棹の方を横目で見ながら、「どうしても、離れの鍵はこのデザインじゃないとだめだって、スポンサーに泣きつかれましてね」

「うらやましいわ」美和子が見惚れながらつぶやいた。「こういうのをイヤリングにしたら、素敵でしょうね」

「よかったら、ひとつ作って差し上げますと言いたいんですがね。もうこれだけは無理です。一月かかりっきりで、他のことは手もつかない。オリジナルと、スペアが一本きりでギブアップしました。二度と作れないものですね」

「私たちの部屋の鍵のスペアを、そう簡単に作られちゃ困るわ」

真棹は誇らしげな手つきで、世界中にたった二つしか存在しない鍵の片方を、バッグの中に収めた。

沢渡が話題を元にもどした。

「ところが、金属工芸というのは、作り手と素材との間の交流が非常に希薄なものにならざるを得ないことに気づきましてね。対象を木に変えたのです。この試みは成功しました。というのは、今まで自分ひとりでやっていた作業を、ここに滞在する若い人たちと、共同で進めることが可能になったからです。木の加工というのは、特別の技術のない素人でも、容易に取り組めますからね。

　この時期の実践を通じて、僕自身の意識もかなり成長しました。共同作業の持つ、団体的な教化作用が大きなプラスになることを初めて発見したんです。そこで僕の井賀沼での生活に、新しい目標が生まれました。それまで僕個人の純粋に私的なレベルで実践してきたパーソナリティーの回復プログラムを、拡大敷衍（ふえん）することによって、現代の吸血鬼的な高度資本主義社会のシステムに傷つけられた若い魂を救済することに役立てようと決意したのです」

「なんだか、むずかしいお話になりそうですね」美和子が、目をぱちぱちさせながら言った。

「そうですね、わかりやすく言いかえれば、新しい教育システムの実験ということです」

「どこがわかりやすいのかしら」と真棹が小さな声でつぶやいた。

「あら、簡単なことですわ」いきなり食堂から峰裕子の声がした。「要するにカジュアルな禅の修行でしょう」

どうやら裕子は真棹に対して、あまりいい感情を抱いていないようだ。沢渡はちょっと肩をすくめて、

「峰さんがこの『月蝕荘』の切り盛りをするようになったのが、ちょうどその頃でした。彼女の助言がなかったら、今の『月蝕荘』はもっと遅れた形態にとどまっていたでしょう。現在のギター・スクールのアイディアも、彼女が音楽療法の方法論をとり入れるようにと提案したのがきっかけです」

「話は戻りますが、その工芸教室とかは、リハビリとか作業療法のようなものを想像すればいいのですか」と武宮が尋ねた。

「似たところはありますが、同じものではありません。重要なのは、メンタルな側面に及ぼす効果であって、技術の習得や熟練は、あくまでも触媒の地位にとどまるものです。たとえば、さっき引き合いに出したグルジェフの提唱した『ワーク』という教育システムでは、『弟子』たちに課せられる訓練それ自体は無意味なもので、場合によっては不快感さえともなったといいます。そこまで極端に走る必要は認めません

が、精神の集中を要する訓練を通じて、こころとからだの関係を純化し、それによって今まで意識というものに対して持っていた先入観をあらためる。いわゆる自由意思というものの存在を疑わせるきっかけを与えるのです」

「なんですって」

「こういう言い方をしたからといって、なにも人類は宇宙から送られる電波によって操られるロボットだなんて説くつもりはありません。ただ僕たちの意識というのは、一般に思われているほど万能なものではないし、自由意思に従ったつもりで、その実、不自由な選択を決定づけられていることだって、少しも珍しくはないんです。若い人たちにそういう現実を知らしめたうえで、彼らが自分にみあった新しい意識の受け皿を作り上げる手助けをする、それが『月蝕荘』の役割なのです。意識の受け皿、すなわちライフ・スタイルです」

一同はすっかり考え込んで、ほとんど当惑に近い沈黙が生じた。

沢渡もさすがに見かねたらしく、もっと具体的な例を示すことにした。

「恭平、悪いけど、僕の部屋からギターを持って降りてくれないか」

恭平は面倒くさそうに、頬をふくらませた。そもそも兄の演説そのものが、気に入らないらしい。

すかさず篠塚が代わりにたって、沢渡のアコースティックギターを取りに、二階へ上がった。奇妙なことに、警視はそれまで篠塚の存在をすっかり忘れていたことに気がついた。真棹が着くまでの饒舌が、まるで嘘のようだった。

「すみません」篠塚に礼を言って、沢渡は受け取ったギターを抱えた。「では実際にどんなものかやってみましょう」

ピックをつまんで沢渡が弾きはじめた曲は、警視の耳になじんだ音楽からほど遠いものだった。耳に残るメロディはなく、単調なフレーズが果てしなく転調をくりかえし、いつの間にか元のコードに戻っているという感じだった。弦を押さえる沢渡の左手の目まぐるしい動きを見ると、かなりの難曲であることはわかるのだが、だんだん警視は眠気をおぼえてきた。

曲の途中で、沢渡は手を止めた。

「この調子でまだ延々と続くんですが、どうやらかえって退屈させてしまったみたいですね」

「まったくだわ」ことさらにあくびを強調しながら、真棹が言った。

「聞かせるというよりも、演奏者のための曲ですからね。でも、眠くなるというのは、脳生理学的にも大きな意味があるんです。僕がやったのは一部ですが、小編成の四パートで共演すると、おのおのの音が重なり合って、ものすごいバイブレーションが生まれますよ。密教や、インドの音楽に近い効果がありますね」

「このギター、少し変わってませんか」美和子はしげしげと見つめて、尋ねた。「もしかしたら、これも手作りですか」

「ご名答」沢渡が微笑んで言った。「僕の教育システムでは、どうしてもギターとプレイヤーの関係論をおろそかにはできません。そこで楽器を身体機能の延長ととらえると、大量生産のメーカー品に甘んじているわけにはいかない。結局、プレイヤー自身が作った楽器を演奏するのがいちばん望ましいということになりました。ですから、僕の教えにつく生徒はすべて、まず自分の体にあったギターを作るところからスタートするのです」

「それで、商売になりますか」

　武宮が水を差すような質問を投げた。沢渡は苦笑して、

「まあ、とんとんといったところでしょう」

「とんとんが聞いてあきれるわ」真棹が口を出した。「私というスポンサーがいなければ、『月蝕荘』なんて、とっくの昔につぶれていたでしょう」

「でも、今はなんとかやっていってるさ」

「しょせん、道楽よ」

「でも、沢渡さんの考えは、素敵だと思います」美和子が、また彼の肩を持った。「自分の考えを信じて、まっしぐらに進んでいける男の人には、あこがれます」

真棹が指を振って、異議を示した。

「それはあなたがまだ若いからよ。どんなにむずかしい言葉を使って、煙にまこうとしたって、私はだまされないわ。この人はまがいもののインチキ宗教にかぶれているだけなの。やってることはヒッピーと同じ」

「それはちがう」

「いいえ、ちがわないわ。その証拠に、私はあなたの狂った世界観を、根底からひっくり返すことも簡単にできるのよ。それもたったひとことで。あなたが今信じているものをことごとく、一瞬で打ち砕くことができるわ。冗談やはったりじゃないのよ。そうしないのは、ただあなたがかわいそうなだけだから」

そう断言すると、真棹は高らかに笑いはじめた。その口ぶりには、決して嘘やこけおどしではない自信に満ちた迫力が備わっていた。恭平が、真剣な目つきで兄の顔をのぞき込んだほどだった。

座はいっぺんに白けてしまった。

突然、警視は不吉な予感に襲われた。それは、これまでに何度も感じた得体のしれない不安感とはまったく別の、さしせまったカタストロフィーの前兆のように思われた。警視は必死にその予感を払いのけようとした。

5

広い浴槽にひとり身を沈めて、くつろいでいると、脱衣場に人の気配を感じた。ガラス戸を開けて入ってきたのは、沢渡恭平だった。

恭平は、遠慮がちに湯舟につかった。

「法月さんは、いつまでこちらにご滞在ですか」

「金曜までです。一週間休みを取ったので」

「それはうらやましいですね。僕なんか、明日の晩にとんぼ返りして、月曜の朝には出庁しなければならないんです」

「私だって、きっと休み明けは地獄でしょう」

「すまじきものは、宮仕えですね」

警視は苦笑して、話題を変えた。

「君はちょくちょくここに来るのですか?」

「ええ、年に何回かは遊びに来ます。もちろん篠塚さんたちのように、入りびたりではありませんけど」

恭平は湯舟から上がると、腰かけにすわって体を洗いはじめた。警視はその背中に尋ねた。

「今回は、真棹さんのお招きということでしょう？」

「そうです。あの人も強引な人だから、こっちの都合とかあまり考えてくれないんです」言外になにかほのめかすような口ぶりであった。「まあ、僕が結婚すれば、もう少し考えてくれるようになるんでしょうが」

「結婚するんですか？」

「はい」恭平はいきなり顔をこちらに向けた。「二月に式を挙げます」

「それはおめでとう」

「ごぞんじかと思いましたが――」

「いや」警視は首を振った。

「兄のことをどう思われます？」恭平は唐突に話題を変えた。

「ひとつの生き方として、尊敬しますよ。なかなか我々には真似ができない」

「そうでしょうか。僕には、兄は勝負をさけて、ここに逃げ込んだようにしか見えません」

恭平の断定的な口調には、まず自分自身を説得したがっているような響きがあった。警視は慎重に言った。

「勝負をさけることが、大きなリスクである場合だってあります。君のお兄さんは、あらゆる将来を約束されていた、そのすべてを投げうつのは決してたやすいことではなかったはずです。彼の決断の是非をうんぬんすることはできませんが、臆病だといって非難するのは、当たらない」

恭平はうつむいて言葉を探していた。やがて、口を開いた。

「——兄をカムバックさせようとする動きがあるんです」

「その噂なら、聞いたことがある」

「兄はずっと、僕の目標だったんです。昔の兄は、本当にすごかった。僕は兄のようになりたかった。兄といっしょに働きたかった。それで、この世界を目ざしたんです。ところが兄は僕になんの説明もなく、いきなり降りてしまった。こんなところでくすぶっているなんて、兄にはふさわしくありません。怪しげな人生論をぶつより、もっと他になすべきことがあるはずなのに」

「——沢渡氏はくすぶっているようには見えない」と警視はつぶやいた。

恭平には聞こえていないようであった。警視はかぶりを振って、風呂から上がろうとした。

「法月さん」恭平が、彼の名を呼んだ。

「なにか？」

恭平はなにか言いたそうな表情を浮かべた。だが言葉は出なかった。警視も尋ねなかった。ほんの一瞬の沈黙であった。

「おさきに」警視は彼を残して、浴室を出た。


部屋に戻った時は、十時半を回っていた。

湯上りでまだ寒くはなかったが、綸太郎の言葉を思い出して、まず石油ヒーターに点火した。それからテレビのスイッチを入れて、ニュースをやっている局を探した。十一時までブラウン管をながめていたが、とりたてて大きな事件はなかった。

警視はテレビを消して、ロッキング・チェアに身をまかせた。サイドテーブルの灰皿を引きよせ、煙草に火をつける。さらさら流れる水の音が耳をくすぐった。水音に耳を澄ませているうちに、なぜだか彼は落ち着かない気分になってきた。

警視は旅行鞄を開けて、底の方をかき回した。模造皮革の書類フォルダーを引っぱり出して、中を開くと、封筒が三枚テーブルの上に落ちた。いずれも宛名は法月貞雄様宛である。

三つの封筒それぞれから、中身を抜いた。三枚の便箋（びんせん）。彼は一枚ずつそれらをあらためた。

最初の一枚は、彼をこの『月蝕荘』に招いた、問題の招待状であった。警視はそれをテーブルの一番右端に置いた。

次の便箋には、たった一行の文章が記されているのみだった。

『あなたの妻は、あなたを裏切っていた』

差出人の名は、どこにもなかった。

その手は流麗な女文字で、ラヴェンダー色のインクを使った万年筆で書かれたものだった。招待状の末尾に添えられた〝篠塚真棹〟の署名と同じインク、同じ筆跡だった。

封筒に押された消印の日付は、招待状の投函日より二週間ほど前になっている。警視は便箋をテーブルの左に置いた。

残った一枚も同様であった。同じラヴェンダー色のインク、同じ筆跡で、やはり差出人の名が記されていない。日付は前のもののそれの一週間後である。

文面はこうだった。

『あなたの息子は、あなたの子ではない』

最後の一枚を真ん中に並べた。

警視は深い吐息をついた。それは儀式的な確認作業にすぎなかった。差出人の意図は明白だった。火を見るより明らかなことだった。

彼は目を閉じ、首から力を抜いて、椅子の背に頭をあずけた。

法月警視が初めて篠塚真棹と会ったのは、十月の最後の日曜日だった。

場所は、ある売出中の若い写真家が開いた最初の個展の会場で、警視は息子の代理人として、そこに来ていた。

この写真家は綸太郎の高校の後輩で、時々酒を飲んだりする仲だった。綸太郎は前から、彼の個展を見に行くという約束をしていたのだが、急に予定外の仕事が入って、どうしても都合がつかなくなってしまった。そこで警視がピンチヒッターとして、写真家に息子の非礼を詫びにいく始末となったのだ。

警視はそこで知った顔にぶつかった。モダン・アート通で知られる天下り官僚で、お互いにちょっとした面識があった。警視は彼にあいさつして、毒にも薬にもならない世間話をした。

相手にはその時、連れがあった。警視はその女に紹介された。

それが、篠塚真棹だった。真棹と元官僚は、有名画廊のオーナーを通じて知り合った美術愛好家仲間ということだった。二人は初対面のものどうしがしそうな話をした。真棹は綸太郎の名前を知っていたが、まだ本を読んだことはない、と言った。警視は、サイン本を一冊さしあげましょうと言って、彼女のアドレスを訊いた。

警視は綸太郎に頼んで、サイン本を一冊真棹のもとに送らせた。その翌日、真棹からお礼の電話が入った。

偶然の出会いではなかった。

それから何日か後に、ラヴェンダー色のインクで書かれた最初の手紙が届いた。

警視はふいに喉の渇きをおぼえた。

ロッキング・チェアから立ち上がって、窓辺に寄った。カーテンを開け、サッシの窓を開くと、冷たい夜気と渓流の水音が網戸ごしに部屋の中に舞い込んだ。

前にもこんなことがあったな。

水音を聞いていると、彼の胸中に、ふとそんな思いが去来した。

警視は闇に向かってかぶりを振った。そうすることで、記憶を遠ざけようとしたのだ。後ろ向きになりがちの自分が恥ずかしくもあった。彼は窓を閉め、カーテンを引いて、死んだ妻の顔を心の中から、とりあえず締め出した。

三通の手紙をフォルダーに戻し、部屋を出た。

ラウンジにはまだ灯りがついていた。篠塚が長椅子にすわって、ひとり缶ビールを飲んでいた。目ざとく警視に気づいて、声をかけた。

「おや、なにか忘れ物ですか」

「いえ」警視は首を振って、「部屋にいたら、喉が渇きましてね」

「私と同じですな。法月さんもビールはどうです？　厨房(ちゅうぼう)の冷蔵庫の中にたくさんありますよ」

「勝手に飲んでもいいんですか」

「沢渡氏なら、なにも言いませんよ」

「でも峰さんがなんと言うか」

「大丈夫ですって」篠塚はアルミ缶を手にしたまま、体を持ち上げた。酔いが少し足に来ているようだった。「待っててください、いま私が取ってきます。国産と舶来と、どっちがいいです？」

「じゃあ、あなたが飲んでいるのと同じのを」

篠塚はすぐに戻ってきた。警視は彼の向かいのストゥールに腰を下ろして、缶ビールのプルタブを引いた。

篠塚は黙々とビールを飲み続けた。一気に飲み干すのではなく、少しずつ口に含んで喉をうるおす。まるでお茶のようなじれったい飲み方である。警視は三口で缶を空けた。

急に警視は気づまりなものを感じて、自分の方から話しかけた。

「奥さんは？」

「離れです」

短く答えると、篠塚はおくびをした。それから突然、低く口の中で笑いはじめた。

警視は黙って、彼の顔を見ていた。そこだけネガのように白く脱けた髪の色。頬の肉がたるみ、白目は黄色く濁っている。あまり気持ちのいい表情ではなかった。

「ごちそうさま」立ち上がりながら、警視は言った。

「もう寝られますか」篠塚の表情は、普通に戻っていた。

「ええ。あなたは？」

「私にはここの方が落ち着けます」篠塚は先刻の言葉をくりかえした。「ではおやすみなさい」

なにかふに落ちないものを感じながら、警視はラウンジを出た。

部屋に戻ろうとして、彼は人声を聞いた。ロビーでだれかが電話を使っている。

こんな時間にだれだろう？　警視は足音を忍ばせて、ロビーの方へ行った。

たけの長いカーディガンを羽織った影が、受話器を握って、カウンターの前に立っていた。後ろ姿だが、美和子であることはすぐにわかった。しかし非常に低い声で話しているので、耳を澄ませても話の内容は聞きとれない。ただ友達や恋人とするような、気楽な長電話の類(たぐい)でないことは確かだった。

警視は後悔しはじめた。こうして立ち聞きしていることで、美和子を裏切っているような気がしたからだった。駅でいっしょになって以来、彼はなんとなく美和子に好意を持っていたのだ。

だが警視はその場を立ち去ることができなかった。彼の捜査官としての習慣が、慎み深い自尊心を打ち負かしたのだった。彼はいっそう耳をそばだてて、なんでもいい、美和子の言葉を聞き分けようとしていた。

彼の胃袋が収縮して、中に滞っていた炭酸ガスを吐き出したのは、ちょうどその時だった。

しまった、と警視が口をおさえた時はもう遅かった。おくびの音を聞きつけて、美和子は体をびくりとふるわせた。反射的に受話器を戻し、きっとふりむいて叫んだ。

「だれ、そこにいるの？」

今さら身を隠しても、むだであった。警視はやむをえず、物陰から姿を見せた。ビールのせいでなく、顔が真っ赤になっていた。

「すみません。たまたま通りがかったら、声が聞こえて――」

美和子は目を大きく見開いたまま、こちらを見つめた。眼鏡をかけていなかった。唇をきつくかみしめて、瞳に強い非難の色があった。警視はしどろもどろになりながら、弁明に努めた。

「立ち聞きをするつもりはありませんでした。それに私はなにも――」

聞いていません、と言う前に美和子は身をひるがえしていた。呼び止める間もなく、彼女は階段を駆け上がっていった。

後を追うことはできなかった。すべて自分が悪いのだ。心臓が早鐘のように打っていた。自己嫌悪が全身を駆けめぐり、頭の中が熱くなったり、冷たくなったりした。

俺はなぜこんなことをしているのだ？

彼はひどく疲れきって、逃げるように自分の部屋へ帰った。だが彼の中の冷静な部分は、「ゆりりん」という言葉をあらためて検討することを考えていた。

それは警視が、ロビーで美和子の声に聴覚を集中している間に聞きとることのできた、唯一の単語であった。

6

灯りを落として、ベッドに入った頃には、すでに午前一時が近かった。

疲労感はあるのに、なかなか眠りに入れなかった。

最前のできごとが、まだ警視の心を惑わしていた。駅で会った時から、美和子が自分同様、物見遊山のつもりでこの井賀沼にやって来たのではないことぐらい、わかってはいた。

しかし実際に、あのような気まずい場面を目撃してしまうと、今後、彼女に対してなんら偏見を持たずに接することは、不可能になるだろう。警視には、それが残念だった。

水音が、やけに耳につく。彼はベッドの上で寝がえりをうった。

風呂場で会った時の、恭平の顔を思い出していた。恭平は、俺になにか相談事があるようなそぶりを見せた。俺は、彼をやり過ごした。だが、俺はあそこで恭平を問いつめるべきだった、問いつめなければならなかったのだ。それこそが、俺に与えられた任務だったはずなのに。

　なぜあの時、躊躇したのか？

　わからなかった。いや、わからないのではなく、自分から答を遠ざけたのだった。警視はそのことに気づいて、愕然となった。

　俺はなにをそんなに恐れているのだ。いつから俺は、こんなに簡単に動揺するようになったのだ。俺はなぜ、こんなに臆病になってしまったのだ。

　これが老いるということなのか。

　水音が、部屋の中にこだました。

　水の音。さらさらと山間を縫っていく清水の流れ。妻の礼子が入っていたサナトリウムのそばにも、小さな山水の流れがあった。

　葬り去ったはずの遠い思い出が、再び形を取り戻しはじめた。もはや、あらがうことはできなかった。聞こえてくるせせらぎの音は、いやおうなく警視の脳裏にあの病室の光景をよみがえらせた。

　サナトリウムは、秩父山中の高原地帯にひっそりとたたずんでいた。麓の駅からバスが一日に二往復しか走っていない、そんな場所だった。かなり由緒のある療養所で、しっかりした人間の紹介のない患者は絶対に受け付けない、という評判であった。妻の親戚がそこを勧めてくれたのだった。

妻の実家は名のある家柄で、一族の者が多く政官界入りをしていた。普通なら、法月家の人間が近づけるような相手ではなかった。しかし彼にもかつては将来を嘱望された、前途ある青年だった時代があったのだ。

二人は六月に見合いをして、その年の十月に挙式した。警視の方は完全な一目惚れであったが、相手がオーケイしてくれるとは思っていなかったので、プロポーズが受け入れられた時は、本人が一番驚いたぐらいだった。結婚してから、警視は一度妻に、なぜ自分といっしょになったのか、と訊いてみたことがあった。

「私は変り者だったのよ」礼子は笑って答えた。

本当の幸福は、一年あまりしか続かなかった。綸太郎が生まれてしばらくして、妻はとつぜん精神のバランスをくずした。帰宅すると、台所の隅で泣いていることがよくあった。礼子は決して理由を言わなかった。原因はわからなかった。

重症にならないうちに、空気のいい土地で療養させた方がよい。妻の実家からそう説得されて、やむをえず彼は従ったのだった。

そのサナトリウムは、もともと旧侯爵家の別荘であったものに手を入れたというだけに、非常に風格のある建物だった。全部で三つの棟があり、妻の病室は東棟と呼ばれる二階屋の中にあった。東棟の患者は、ほとんどがメランコリックな良家の子女たちで、さほど深刻な病状の者はいなかった。礼子も、初めはそんな中のひとりだった。

礼子の病室は一階の南端にあった。その先には灌木の茂みがあり、さらに行くと低い崖になっていた。崖の下が渓流だった。彼は何度もその狭い岩がちの河原を、礼子といっしょに散歩したものだった。

病室にいると、そのせせらぎの音がよく聞こえた。夏の午後など、窓を開け放っていると、まるで足下を水が濡らしているかのように、さらさらと流れる音を身近に感じた。冬の朝には、ガラスのかけらどうしがぶつかり合っているような鋭い音がするのよ、と礼子が教えてくれたことを思い出す。

この部屋は、あのサナトリウムとどことなく似たところがある、と警視は思った。それは錯覚であったのかもしれなかった。だがこうして闇の中に身を横たえて、部屋の外から伝わってくる水音に耳を傾けていると、あの病室と礼子の匂いを思い出さずにはいられなかった。そしてあの晩秋の日、自殺した礼子のなきがらと対面した時にも、これと同じ、とぎれることのないせせらぎの音が、病室を満たしていたのだ。

『ごめんなさい。あなたのせいではありません』

警視は思わずベッドから身を起こした。悪夢にうなされているように、脈が速くなっている。悪い兆候だ。心なしか水音が大きくなっているような気がした。眠れそうになかった。ベッドから下りて、部屋の灯りをつけた。

光はなんの救いにもならなかった。警視はあいかわらず、ひとりきりでせせらぎの中にいた。窓も、カーテンも閉まっている。テレビをつけたが、どの局も放送を終了していた。ホワイト・ノイズは最悪だった。それは水音を増幅し、彼の聴覚をいっそう過敏にした。この音を部屋から締め出すことはできなかった。妻の死顔を、頭の中から追いはらうことはできなかった。

警視はふらふらと部屋を出た。

ドアを閉めても、水音はついてきた。彼はおぼつかない足どりで、廊下を歩いた。どこへ行こうという当てはなかった。ただこの水音から逃れたいという思いしかなかった。彼は階段を上った。

気がつくと、警視は沢渡の部屋の前に立っていた。

ドアと床の隙間から、灯りが洩れている。この部屋の中までは、水音もついてはこられまい、と警視は思った。彼はためらうことなく、ドアをノックした。

「法月さん」沢渡はとまどいがちの表情で、警視を迎えた。「どうしたんですか、こていた。

「とにかく、中へどうぞ」と沢渡が言った。「——そこのベッドにでも、すわってください」

「夜分遅く、すみません」かろうじて、警視は言った。

沢渡の部屋は、大学院生の下宿のような感じがした。壁面のほとんどが書棚で占められ、空いたスペースを書物机と簡易ベッド、電話やステレオコンポなどが埋めている。部屋の端に小さなキチネットがあって、ちょっとした調理もできるようになっていた。天井いっぱいに、極彩色のマンダラのポスターが貼ってある。こまごました小物がずいぶんたくさん並んでいたが、それらはすべて秩序正しく整頓されていた。

沢渡が温かい飲み物を作って、木彫りのテーブルの上に置いた。

「インスタントですが、かまいませんね」

「ええ」飲んでみると、ココアであった。

ひと息ついたところを見はからって、沢渡が尋ねた。

「水音がうるさくて、眠れなかったのですか？」

警視はあいまいにうなずいた。

「それなら初めからそうとおっしゃっていただければよかったのに」

警視は首を振った。沢渡はしばらく黙って、なにか考えていた。やがて口を開いた。

「――なにか事情があるのでしたら、僕に話してくれませんか？」

ここで洗いざらいうちあけるのも悪くない、と警視は思った。沢渡なら、俺の抱えている問題を解決することができるのではないか、一時は本気でそう考えた。

「お話しすることはありません」だれかの声が先に言った。

自分の声であった。

沢渡は残念そうな顔をした。警視はなんとなく、彼を裏切ってしまったような気分に襲われた。

沢渡が立ち上がって、ステレオセットに向かった。レコードラックから一枚のレコードを抜き出し、ターンテーブルに乗せた。

「水の音にも、いろいろなものがあります。これは洪水に関する曲です」

沢渡は針を落とした。

スピーカーから流れてきた音は、不思議なやすらぎを警視に与えた。凜(りん)とした透明な質感と、形の定まらないゆったりとした流れが、音の重なりの中に同居している。それは確かに、寄せては返す波のイメージを喚起した。

「これは一体、なんの音です？」

「ギターですよ。もちろん電気的処理が施してありますが。ロバート・フリップという、神秘主義に走ったギタリストの『ウォーター・ミュージック』と題されたナンバーです」

二人は、音楽に身をゆだねた。

やがて波は徐々にフェイドアウトして、消えていった。沢渡は針を上げて、言った。

「温かい飲み物と音楽。これにまさる精神安定剤はありません」

言われてみると、その通りだった。さっきとくらべて、ずいぶんリラックスしている自分に気づいて、警視は驚いた。そして、沢渡の心遣いに感謝した。

「あるきっかけから、ライフ・スタイルの誤りに気づいたとおっしゃいましたね。なにがあったのか、お尋ねしてもかまいませんか」

「——防諜上の要請から、政府のコンピューター・オンラインへの外部侵入者をチェックするアラーム・システムを改良していた時でした。テスト用のキーコードとして、十二行十二列のアルファベットをランダムに並べたマトリックスを使っていたんですが、何回目かのシミュレーションで、とんでもないことが起こりましてね。ランダムに抜き出したコードの一部が、偶然意味のある文字配列になっていたのです」

沢渡は言葉を切った。目を閉じて、詠唱するように言った。

「FLESRUOYWONK——〝ノウ・ユアセルフ〟の逆つづりですよ」

「汝自身を知れ。ソクラテスですね」

「あの時は、正直言って、デルフォイの神託どころの騒ぎではありませんでした。二十六の十二乗といったら、膨大な数字だ。その中からよりによってこんな文字配列が出てくるというのは、驚きを越えて、恐ろしいできごとでした。ディスプレイ上にその言葉が出てきた瞬間に、僕の人生観は百八十度転換しましたね。

テクノロジーの最先端で、ああした神秘的な現象が起こり得るものならば、この世界はもっと霊的なものに満ちあふれているのではないか。自分は世界の成り立ちをつかさどる真理から、目をそむけていたのではないか。そんな思いでいっぱいになりました。裸になって、自分自身を一から見つめ直そうと決心したんです。僕の話は、うさんくさく聞こえますか」

「いや」と警視は答えた。

「それにしても、今夜はやけに冷えますね」沢渡はカーテンを開けて外を見ている。

「――冷えるはずだ。法月さん、雪が降ってます。初雪ですよ」

警視は窓に顔を近づけた。闇の中を、幾千条もの雪が音もなく舞い落ちていく。地上はうっすらと、白い衣に覆われていた。

沢渡はカーテンを戻した。

「この分だと、もう水の音も気にならないんじゃないでしょうか」

「そうですね」と警視は言った。「――こんな時間におじゃまして、申しわけありません。そろそろ失礼しなくては」

「いや、気になさらないで。僕でしたら、いつでも喜んで話し相手になりますよ。ああ、そうだ」沢渡は机の抽斗(ひきだし)から、なにか取り出した。「もし部屋に帰って、まだ水音が気になるようでしたら、これを使ってごらんなさい」

警視の手の中に渡されたのは、二個の小さな耳栓だった。

「これが、意外と役に立つんです」

「どうもありがとうございます」警視は立ち上がった。「ココアをごちそうさま」

「では、おやすみなさい」

警視は自分の部屋に戻った。

部屋の時計は二時五分前を指していた。耳栓をすると、あれほど悩まされた水の音も、全く耳に入らなかった。警視は大きなあくびをして、灯りを消した。今はなにもかも忘れて、眠りたかった。ベッドにもぐり込むと、すぐに眠りに落ちた。夢さえ見なかった。

だれかに体を揺すられて、目が覚めた。

朦朧（もうろう）とする意識にむちうって、顔を上げると、ベッドの脇に黒い人影が立っていた。ドアが半分開いていて、廊下の灯りが逆光になっている。

「だれだ？」と警視は言った。

相手が自分の耳を指差したので、警視は耳栓をはずした。

「沢渡恭平です」と彼が言った。

「ああ、君か」警視は体を起こした。ここちよい眠りを妨げられたせいか、言葉もつい、ぞんざいになる。「こんな時間に一体なんだ」

そう言ってから、時計に目をやった。午前五時四十五分。四時間足らずしか眠れなかった計算になる。

「すみません。でも離れが気になるんです、法月さん」

「なんだって？」

「ほら、耳を澄ませてください」

言われる通りにしたが、水音しか聞こえない。警視はそう言った。

「聞こえませんか、電話のベルが？」

もう一度耳を澄ます。

「——ああ、聞こえる。確かに電話の音だ。離れで鳴ってるのか？」

「と思います。さっきからずっと鳴り続けていて、だれも出ないんです。真棹さんになにかあったんじゃないでしょうか」

警視は一瞬、ぎょっとなった。不吉な予感が全身をつらぬいた。

「まさか」かろうじて、自分を抑えた。

「あの人は心臓が悪い。心配だから様子を見てきます」

「ちょっと待ちたまえ、恭平君」

「いっしょに来てください！」そう言い残して、彼は警視の部屋を飛び出していった。

警視はベッドから下りた。身を切る寒さが、彼をしゃんとさせた。寝巻の上にコートを羽織って、廊下に飛び出し、玄関へ走った。

恭平はどこにいる？

玄関のドアを開けてポーチに立つと、外はまだ暗く、雪はすでにやんでいた。電話のベルが鳴っているのが、はっきりと耳に留まった。

そして、一面の雪景色であった。

一組の足跡が、警視の立つポーチからまっすぐ左手に伸びている。今しがた踏まれたばかりの、スニーカーの足跡で、篠塚夫妻のコテージまで続いていた。

警視の目は、離れへ飛んだ。二十メートルほど先の、入口の扉の灯りの下に、恭平の背中があった。ちょうど野球のバッテリー間の距離に相当するだろう。ドアを強く叩きながら、真棹の名を呼んでいた。

「恭平君！」

背中がふりむいた。彼が叫んだ。

「鍵がかかっています」吐く息が白い。こちらを指さして、「ロビーにあるスペアキーを持ってきてください！」

「わかった」

警視は土足のまま、ロビーに取って返した。カウンターにあるガラスケースに、ためらうことなくこぶしを叩きつけた。割れたガラスの間から、銀色のツノガイを取り出して、また外に出た。左手の指のつけ根から、血が出ていた。

「早く、鍵を」恭平が言った。

警視は離れに走った。すでにある足跡を乱さないように。走りながら、周囲に目を配ることも忘れなかった。『月蝕荘』とコテージの間に積もった雪の上には、それ以外の足跡も、みじんの乱れもない。彼の目は、瞬間的にそれを見てとっていた。

離れの入口の前に着くと、真っ先に恭平の靴を確かめた。ブルーのスニーカー。その形を頭の中に叩き込んでおいた。すでに最悪の事態を予想していたのだった。

「早く、ドアを」恭平が彼をせかした。

警視はドアノブをつかんだ。確かに錠が下りている。スペアキーを鍵穴に差し込んで、回した。警視はドアを開けた。

二人を迎えたのは、電話のベルの音だけ。恭平が叫ぶ。

「真棹さん！」

返事はない。駆け込もうとする恭平を、警視は手で制した。

「君はここにいるんだ」

警視はひとりで中に入った。

篠塚真棹は、寝室の天井からぶら下がっていた。首に電気コードが巻きついていた。絶命して、何時間かたっていた。

第二部

7

「綸太郎か、俺だ」

「どういうつもりですか、お父さん？　夕べの電話から、まだ十五時間しかたってませんよ」

「寝ていたな」

「そうですよ。三十分前まで徹夜で仕事をしてたんです。少し仮眠を取ろうとしたら、お父さんが――」

「どうだ、少しは原稿は進んでいるのか？」

「まあね。やっと最初の死体が出てきたところです」

「こっちもそうだ」

「なんですって」

「なあ、綸太郎。いますぐ仕事を中断して、こっちに来られないか？」

「馬鹿な。編集者に殺されますよ」

「そこをなんとか」

「無理言わないでくださいよ。なにかあったんですか」

「『月蝕荘』の主人の前の奥さんが殺された」

「殺された？」

「と思う。密室殺人だ」

「まさか」

「『月蝕荘』には離れがある。そこで彼女の死体が見つかった。井賀沼では、今日の未明に雪が降ったんだ。死亡推定時刻には降りやんでいた。離れの周りの雪の上には、発見者の足跡しかなかった。しかも俺が行くまで、発見者が離れに入ることは不可能だった」

「まるでカーター・ディクスンの小説みたいだ。発見者が離れに入れなかったという根拠は？」

「離れの入口に鍵がかかっていたんだ。鍵は特殊な種類のもので、二個しか存在しなかったことが確認されている。一個は被害者が持っていて、もう一個も使用できない状況にあった。両方とも、俺自身が確かめた。言うまでもなく、離れの他の出入口は、窓も含めてすべて中から施錠されていた。カーター・ディクスンの小説というのは、なんだ」

「『白い僧院の殺人』です。それで、被害者の死因は？」

「絞殺だった。俺が行った時には、天井から吊り下げられていた」

「――だめですよ、お父さん。それは自殺だ」

「なんてことだ、おまえがそんなことを言うなんて」

「ねえ、お父さん。僕は締切に追われてるんです。一分一秒が惜しいんです。そんな時に、解決の当てのない不可能状況と取り組むわけにはいかない。後は土地の警察に任せて、帰っていらっしゃい」

「だめだ。俺には彼女が殺害されたと信ずべき理由がある。おまえの助けが必要だ」

「お父さん、一体なんの目的で、井賀沼に行ったんですか。今さらただの休暇だなんて、言わせませんよ」

「電話では言えない。お前がこっちに来たら、話す」

「弱ったな。いつもならすぐ飛んでいくんだが、今度ばかりは真剣に身動きが取れないんですよ」

「――もういい、親不孝者め。おまえなんかに頼ろうとしたのがまちがいだった。勝手にするがいい!」

警視は受話器を叩きつけた。大きくため息をついてから、ひとつ言い忘れたことがあるのに気がついた。もう一度、自宅の番号にかけた。

「もしもし」

「綸太郎か。ひとつ訊き忘れた。『ゆりりん』という言葉で、なにか思い当ることはないか」

「――横溝正史(よこみぞせいし)の本に出てくる探偵役に、由利麟太郎(ゆりりんたろう)というのがいます」

「それははずれだ。三つの子供でも知ってるような言葉なんだ」

「『ゆりりん』か。ちょっと思い当りませんね」

「ならいい。じゃまをしたな」

「お父さん、待っ――」

綸太郎の声に耳を貸さずに、受話器を戻した。

ふりかえると、井賀沼署の警部が緊張した面持でそばについていた。柴崎(しばざき)という三十代半ばの男で、一昔前に人気のあった二枚目俳優によく似ていた。ハンサムだが、演技力がないと言われて、落ち目になった俳優である。

「君は、『ゆりりん』という言葉を聞いたことはないか」

「ありませんね」と柴崎が言った。

「だろうな」

「彼女が殺害されたと信ずべき理由がある、とおっしゃいましたね」

「ずっと立ち聞きしていたらしいな」

「不本意ながら。でも現場の状況は、明らかに自殺を示していますが」

「あれは、犯人の偽装工作だ」

「この事件の背景について、個人的な予備知識をお持ちでしたら、ぜひお聞かせ願えませんか？」

「君はずいぶん率直なもの言いをする男だね」

「はぐらかすつもりですか」

「いや。だが、今すぐ君の希望に応えるわけにはいかない。こちらにも都合がある」

「ご自分が休暇中だということをお忘れなく、法月警視」

面白い男だ。警視は苦笑した。

「もちろんだよ、警部。ここでは君が責任者だ。私も協力を惜しまんよ」

「では、自殺説を採らない理由を教えてください」

「やれやれ」警視は、柴崎の顔を立ててやることにした。「やむを得ないから話すが、できるだけ内密にしておいてくれ。死んだ女は、強請(ゆす)りのプロだったんだ」

「まさか。篠塚国夫の妻ですよ、金に困っていたはずがない」

「金は二の次だったろう。好きで強請りをやっていたんだ。一種のサディズムだと思う」

「――なるほど。そうすると強請られていた被害者には、篠塚夫人を殺害する動機があるわけですね」柴崎は目を光らせた。「『月蝕荘』の泊まり客が、彼女に弱みを握られていたということですか」

「そこまでは言ってない」

柴崎はにやりとした。田舎町の刑事と思って侮れないところがある。

「貴重な情報をありがとうございます、警視」

「手の内を見せたんだ。私も捜査に加わらせてほしい。非公式な参加でかまわないから」

「もちろん。こちらからお願いするつもりでした」

この男、実は有能なのかもしれない。柴崎の顔を見ながら、警視はふと思った。ハ

〈寝室の見取図〉

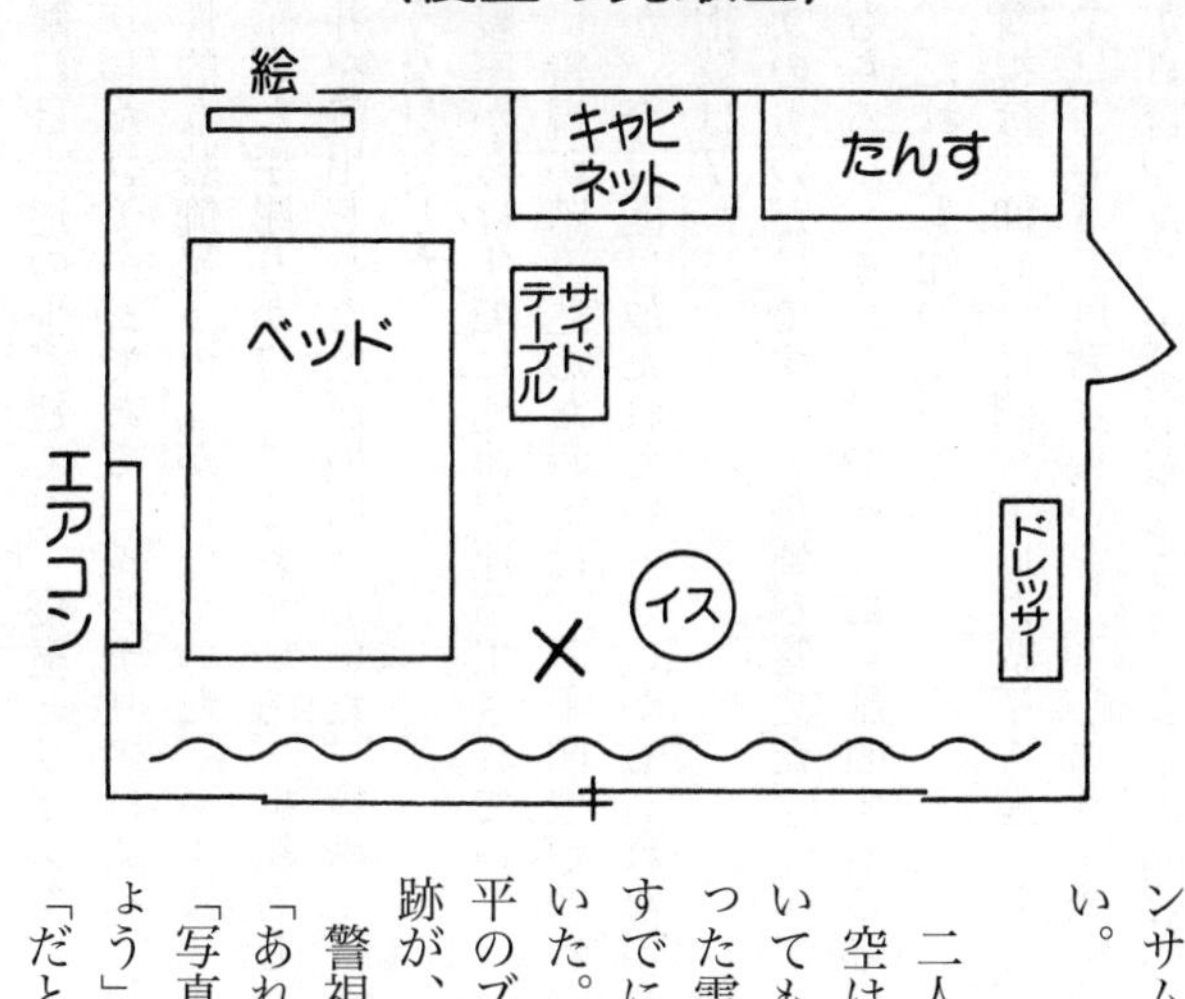

ンサムだからといって、馬鹿とはかぎらない。

二人は、離れに戻ることにした。

空はあいかわらずの曇天で、厚着をしていても寒い。『月蝕荘』と離れの間に積もった雪は、まだ融ける気配はなかったが、すでにおびただしい靴跡で踏み荒らされていた。かろうじて白く残っているのは、恭平のブルーのスニーカーと警視の革靴の足跡が、並んでついている一帯である。

警視はその足跡を指して訊いた。

「あれはどうするんだ？」

「写真を撮ってあります。それで十分でしょう」

「だといいが」

離れは木造の平家建てで、寝室とリビング、それにユニットバスがついた、こぢんまりしたコテージである。インテリアはすべて故人が選んだらしく、特に寝室では、女性的な装飾過多の品が目についた。パール・ホワイトに統一された家具には、すべて華麗な手彫りがほどこされている。壁紙とじゅうたんは色あいのちがう淡い紫で、天井を艶出しした梁（はり）が横切っていた。篠塚が、落ち着けない、と言った意味もわかるような気がした。

寝室からはすでに死体が運び出されていた。ひととおり鑑識の手も入った後で、最初に警視が踏み込んだ時とは、若干印象が変わって見えた。母屋に面する窓のカーテンが、今は開け放たれているせいかもしれない。

「指紋は？」

「女のものだけです」と柴崎が答えた。

もちろん、それだけではなにも証明することはできない。指紋を拭き消すことぐらい、だれでも知っている。

警視は、仰向けに倒れていた椅子を起こして、腰を下ろした。

「では、もう一度おさらいをしましょう」柴崎は壁にかかった裸婦画の額に目をやりながら言った。「表のドアをスペアキーで開け、あなたはひとりで中に入った——」

「変事が起こった予感がしたんだ。現場保存の必要があるかもしれないと考えて、恭平君は外に残した。普段の習慣で、すぐに手袋をはめていた。寒かったので、寝巻の上にコートを羽織っていたんだ」

「屋内は明るかったですか？」

「いや、玄関灯はついていたが、中は真っ暗だった。手探りでスイッチを探して、廊下の灯りをつけた。人の気配はなかった。電話のベルが鳴り響いていたが、篠塚真棹の安否を確かめるのが先だと思った。まずリビングをのぞいてみたが、変わった様子はなかった」

「なぜ先にリビングを調べたんですか？」

「入口から近かったからだ。このコテージに入るのは、その時が初めてだったので、部屋の配置がわからなかった」

「次にこの寝室に来たわけですね」

「中に入って、すぐ灯りをつけた。天井の梁から、女がぶら下がっていた。延長用の電気コードで首を吊っていたんだ。ネグリジェ姿で、足下にいま私がすわっている椅子が倒れていた。死んでいるのは、一目瞭然だった。やはり人の気配はなくて、暖房も消えていた。念のためバスルームものぞいてみたが、彼女の濡れた髪の毛がバスタブに残っていただけで、だれもいない。それから廊下に取って返して、電話に出た」

「相手はなにか言いましたか」

「いや、私が受話器を上げると、ほとんど同時に切れた。なにも聞きとることはできなかった。そこから、すぐに一一〇番した」

「午前五時五十七分と記録されてます」柴崎は手帳で確認して言った。「それからどうしました」

「恭平君に事情を話した。彼が『月蝕荘』の皆を起こしに戻った。私はここに残って、もう一度屋内を調べることにした。この建物の中にひそんでいる人間はいなかったし、窓を含めたあらゆる出入口が中から施錠されていた。もちろんそのカーテンは閉まっていたよ。寝室を探すと、女の身の回り品が入ったバッグがドレッサーに置いてあった。中を開けたら、入口の鍵が入っていた。この鍵はたった二つしかない。完全な密室状況だ。

それと、女はネグリジェ姿だったが、ベッドの上に乱れはなかった」

「その時、他に気づいたことは?」

「その時計だ。バッグと同じく、ドレッサーの上にあった」

柴崎は手を伸ばして、時計を取った。数字板が回転する、旧式のがっちりしたデジタル時計で、どことなくレトロな趣きがある。へそ曲りのアンティーク趣味、あるいは何かの記念品なのかもしれない。

「止まっていますね」

「コンセントがはずれているんだ。女を吊すために使われた延長コード、もともとはそれにつながっていたようだ。他に、ドライヤーなんかも同じ延長コードを利用していたみたいだな」

「午前二時七分。これが死亡推定時刻だと？」

「ああ。私が見つけた時は、ちょうどバッグの陰になっていた。それに最近、交流電源の時計なんて珍しいから、犯人もつい見落としたんだと思う。死体を調べた人間は、どう言っている？」

「だいたい、その見当です。二時を中心に、前後一時間ぐらいの幅の間と」

「なら、問題はない」

柴崎は首をすくめた。

「問題なら大いにありますよ」また手帳に目を落とした。「管区気象台に昨夜の降雪時間を問い合わせたんです。井賀沼一帯では、今日の午前一時二十分に降りはじめ、二時にはもうやんでいます。それ以降の降雪は、観測されていません。この意味がおわかりですか」

「わかっている。実を言うと、私もさっき気象台に問い合わせたんだ」

「では、あなたが主張するように、篠塚真棹が、午前二時七分に何者かによって殺害されたとすれば、その犯人は、この離れの周りの雪の上に足跡を残すことなく、どうやって姿を消したのですか？」

「考えどころだな」

「法月警視。あなたにたてつくつもりはありませんが、これは自殺ですよ。この離れは、雪と鍵による二重の密室状態だった。殺人の可能性はありません」

「わからんのか。それが犯人の狙いなんだぞ。殺人の可能性がないと我々に信じさせるために、このような不可能状況を作りあげたんだ」

柴崎は首を振った。

「息子さんの小説に毒されすぎじゃありませんか。だいいち積極的に自殺を否定する証拠は、なにもありませんよ」

「君も案外、鈍いな。灯りは消えていたと言ったろう。深夜の二時なら室内は真っ暗だ。死体のぶら下がっていた位置は窓の近くで、室内灯のスイッチはドアの横にある。首を吊った人間が部屋を横切って、灯りを消しに行くことはできない」

警視は立ち上がって、梁のところまで足を運んだ。

「女が自殺したと考えてみよう。コードを梁に結ぶには、灯りが必要だったはずだ。首をくる準備がすんでから、灯りを消しに行く」

ドアまで歩いて、スイッチを切る真似をした。

「これで真っ暗だ」目をつぶった。「手探りで戻っていく」

梁の下で宙をかき回すような格好をした。そして目に見えない輪をつかんで、首にかけるポーズ。

「――どうだね、警部。なぜこんな手間をかける必要がある？　明るいまま、ひと思いに死ぬのが筋だ。灯りを消したのは、真棹ではないよ。殺人犯の仕業にちがいない。全て偽装工作なんだ」

「自殺者は、死ぬ直前に思いがけない行動をとるものです。明るいところで死ぬのが、嫌だったのかもしれません」

「――遺書がない」

「遺書を残さずに自殺するケースは、珍しくないでしょう」

「君も強情な男だな」

「失礼ですが、強情なのはあなたの方ですよ、警視。死体を見たでしょう。索条痕は、首の後部の絞痕が高い位置にある縊死特有のものですし、死に顔も真っ白でした。溢血点もなく、典型的な首吊り自殺です」

「あいにくだが、その所見だけで他殺の線を否定することはできまい。被害者より背の高い人間が、背後から首を絞めた場合、気道の閉塞が起こらず、縊死と見分けのつきにくい痕跡の生じることがある。厳密な鑑定を待たないと、断定はできないよ」

柴崎はうんざりしたような口調で言った。

「困りましたね。そもそもだれも離れに出入りできなかった以上、殺人と考えること自体が、議論の余地なく、不可能なんです」

「犯人が、トリックを使ったんだ」

「ははあ、それで息子さんに知恵を借りようとしたんですね。なにかいい助言がありましたか」

「立ち聞きしていたなら、知ってるだろう。土地の警察に任せて、早く帰ってこいと言われたよ」

「さすがは名探偵だ。いいことを言う」

「だが篠塚真棹は、絶対に自殺するようなタイプじゃないんだ。夕べだって、そんなそぶりは全く見せなかった。だいいち死ぬ理由がない」

「その点は、彼女にもっと近しい人の話を聞いてみないと、何とも言えませんがね。でも、もともと厭世的な気分を招きがちな土地柄ですから——」

「どういう意味だ、それは」

「ごぞんじないかもしれませんが、井賀沼は自殺者の多い場所なんです。毎年、三件は自殺が出ます」

「それとこれは関係ないだろう」

「まあね。ところが『月蝕荘』でも、前に一度あったんですよ。その時は、未遂でしたが。峰裕子という女性がいるでしょう、彼女なんです」

「なんだって」

「三年前の秋でしたね、確か。『月蝕荘』に客として泊まっていたんですが、部屋で薬を飲みましてね。発見が早かったので、大事には至りませんでした」

「そうだったのか」

「責任を感じた沢渡氏が、彼女を立ち直らせたんです——おや、噂をすれば、影だ」

と言ったのは、玄関で峰裕子の声がしたからだった。

「法月さーん」と呼んでいる。

「ちょっと失礼」

玄関に出ると、峰裕子が言った。

「お電話です。母屋の方で」

「私に？　だれからです」

「さあ。名前をおっしゃいませんでしたが、年配の男の方の声です」

8

「もしもし。法月です」

「私だ」と相手が言った。「女狐が自殺したそうだな」

「耳が早いですね」

「なにを言ってる。どうしてすぐに連絡しなかった」

「取り込んでいたもので。そのかわりに、最新情報があります。篠塚真棹は、自殺したのではありません。殺されたのです」

電話の向こうから、低いうめき声が伝わってきた。

「――まずいな。土地の警察が、そう言っているのか」

「いいえ」警視は、一語一語くぎるように言った。「私が、そう言っているのです」

息を飲む音がした。相手はしばらく無言であった。

「法月君」再び話し出した声は、気味が悪いほど落ち着きはらっていた。「今なんと言ったのだね」

「井賀沼署の警部は、自殺説に傾いています。他殺を主張しているのは、この私です」

「君は自分の立場をよく理解していないようだな」急に声を荒らげた。「なぜそんなよけいなことをするんだ」

「明らかに犯罪が行なわれたのです。見過ごすことはできません」

「待て。私がなんのために、君を井賀沼に送り込んだか、忘れたのか」

「いいえ」

「だったら、いらぬ世話など焼かずに、土地の警察に任せておけ」

「そうは行きません。私は、このような事態を予想して、未然に防ぐべきでした。それを怠ったのは、私の失策です。責任を取らなければなりません」

「あの女は、悪党だった。仮に殺されたのだとしても、自業自得だ。君が責任を取るような問題じゃない」

「私は、私の考えで行動します。あなたにも、そう言ったはずです」

「確かにそうだが、しかし、もっと柔軟にことに当たるべきではないかね。自殺で片付けば、八方まるく収まるんだ。川床の泥をかき回すような真似をしても、なんの得にもならない。皆が困るだけだ」

「殺人は重罪です。どんな事情があっても、見逃すわけにはいかない」

「だが万一、彼の仕業だったら、どうするつもりだ。なにもかも、水の泡になってしまうんだぞ」

「お嬢さんを殺人犯と結婚させるよりはましでしょう」

「馬鹿な」どなるような声だった。「――もう一度言うぞ。よけいな口出しなどするんじゃない。私を怒らせるな。これは命令だ。君の首など、私の一存でどうにでもなるということを忘れるな」

「あなたこそ、私が休暇中の身であることを、お忘れなく」

それだけ言って、警視は電話を切った。

階段を降りてくる足音がした。

「なんだか、大変なけんまくでしたね」と沢渡冬規が言った。「どなたと話していたんです」

「――口うるさいお偉方がいましてね」

沢渡は眉根を寄せた。

「真棹の死んだことで、なにかトラブルが？」

「そういうわけではないんですが」

「法月さん——」沢渡がむずかしい顔で言った。「もし私の思いちがいだったら、謝ります。あなたは本当に、ただの休暇を過ごすつもりで、この井賀沼においでになったのですか？」

警視は咳払いをした。

「どういうことです、沢渡さん」

「どうもあなたが、真棹と親しかったとは思えないのです」

「ですから、彼女は息子の知人だったと——」

沢渡は首を振った。

「あまり実のある答とはいえませんね」

「しかし、もともと招待状を送ってきたのは、あなた方じゃありませんか」

「ええ。今となっては、それが気がかりなんです。真棹は、一体なにを企んでいたのか」

警視は黙って相手の顔を見つめた。沢渡が続けた。

「死んだ元の妻のことを悪く言うのは、気がとがめるのですが、あれは少し異常なところのある女でした。最近、何度かおかしいな、と思わせる場面があったのですが、わざと見て見ぬふりをしていたんです」

警視は顔をなでた。まだ黙っていた。沢渡が急に口調を変えた。

「真藤さんと香織ちゃんですが、父娘にしては年が離れすぎてはいませんか。それにあまり顔が似ていない」

「あなたのおっしゃる意味はわかります」

沢渡は気づまりなように、目を足下に落として言った。

「昨夜はあれからよく眠れましたか」

「ええ」ぶっきらぼうに答えた。

「——真棹は悪い女でした。自殺したからといって、だれも悲しむ者はいないでしょう」

言外に、なにかをほのめかすような言い方だった。

「あなたを見そこなっていたようだ」警視は憤然として言った。「あいにくだが、私にはなにひとつ後ろめたいことはありません」

「——弟は近々、結婚します。相手は、さる有力な代議士のお嬢さんです」

「あなたらしくもない台詞(せりふ)だ」

「なんと言われてもしょうがない、僕はこれ以上恭平に、大切なものを失わせたくはないんです」

「今、電話で同じことを言われたばかりですよ、恭平君の未来の父親からね」

沢渡の表情が、そのひとことで凍りついた。

「篠塚真棹は殺されたのだ、と言ってやりましたよ」

沢渡は呆然と立ちつくしていた。

「――皆にラウンジに集まるように言ってください。そろそろ事情聴取を始めなければならない」

そう言い残して、警視は離れに柴崎を呼びに行った。


「君は良心的な警官かね？」

柴崎は警視の質問に、目をまるくした。

「どういう意味ですか、それは」

「例えば、捜査中に上層部からなんらかの圧力がかかった場合、それに屈せず、自分の意志を貫くことができるか」

「ずいぶん大げさな質問ですね。なにかまずいことでもあるんですか」

「なに、そのうち思い当ることもあるだろうさ」と警視は言った。

柴崎はラウンジのドアをノックした。峰裕子が中からドアを開けた。警視は柴崎の背中に続いて、部屋に入った。

室内は、ひどく重苦しい空気に支配されていた。人々は、孤立した気体の分子のようにばらばらな席を占めていた。真藤父娘だけが例外だった。沢渡がなにか洩らしたのだろう、一同の冷たい視線が警視を刺した。

「おや」と警視は集まった面々の顔を見なおした。「中山さんの姿が見えませんね」

「部屋に呼びに行ったんですが、いらっしゃいませんでした」と峰裕子が言った。

「荷物もなくなっています」

「なんだって」

警視は柴崎の肩を引っぱって、ラウンジを走り出た。階段を駆け上がり、二〇一号室へ飛び込んだ。

部屋はもぬけの殻だった。

「やられましたね」柴崎が腕を組んだ。「どんな女です？」

「モデルと自称していたが、怪しいものだ」警視は、昨夜の電話のことを話した。

「なにかわけありだったにちがいない。早まったことをしてくれた」

「死んだ女に脅されていた口でしょうね。『ゆりりん』か、なんのことだろう」

「さあな」

「容疑者第一号ですか」

「彼女がやったとは思えんな。たぶん気が動転して、前後の見境なく、逃げ出したんだ」

「その点に関しては賛成です。でも自殺説は譲りませんよ」

ラウンジにもどって尋ねた。

「今朝、彼女の姿を見た人は？」

恭平が、手を上げた。

「離れから引きかえして、皆を起こして回った時には、部屋にいました」

「その後は」

皆が首を振った。柴崎が警視に訊いた。

「彼女の特徴を」

「年は二十歳前後で、身長は百六十センチぐらい。髪はストレート、眼鏡をかけている。青のコートと、大型の旅行鞄を持っているはずだ。きれいな娘だから、すぐにわかる」

「わかりました。すぐに手配させます」
柴崎はラウンジを出ていった。警視は、ため息をひとつついて、手近のストゥール
に腰を下ろした。
「煙草を吸ってもかまいませんか」と尋ねると、峰裕子がうなずいた。警視は煙草を
取り出して、火をつけた。
「法月さん」胸元のネックレスを神経質にいじりながら、おそるおそる武宮が口を開
いた。「あなたは、真棹さんが殺されたと考えているのですか」
「そうです」警視はきっぱりと言った。
「でもさっき、井賀沼署の刑事さんは、自殺だと言ってましたよ。離れで首を吊って
死んでいたと」
「それは、彼がまちがっています」
と断言すると、武宮は一瞬ひるんだようだったが、
「しかしあなたは、ここではなんの権限も持たないはずでしょう。私たちと、立場は
変わらないはずだ」
「その通り」と警視は言った。「私は、皆さんと同じ立場にあります。だからこの犯
罪の真相を究明するにあたって、柴崎警部に最大限の協力をすることを約束しまし

た」

　真藤が娘をぎゅっと抱きしめながら、張りをなくした声で訊いた。

「それはつまり、我々を殺人の容疑者として、取り調べるということですか」

　警視はうなずいた。

「逃げ出した女のしわざだ」いきなり武宮が叫んだ。「中山美和子が、殺したんだ。だから姿をくらましたんだ」

「落ち着いてください、武宮さん」沢渡が、叱りつけるように言った。「私は、法月さんがまちがっていると思います」

　冷ややかな視線で、警視を見やった。さっきの意気消沈した男とは、まるで別人のようであった。

「私がまちがっていると?」

「ええ」沢渡は弟の顔を横目にみて言った。「恭平の話では、今朝、離れはだれにも出入り不可能な状況だったと。そうだったな」

　恭平はうなずいて、

「僕が表に出た時には、離れと母屋の間に積もった雪の上に、足跡ひとつありませんでした。しかも離れの入口は、中から鍵がかかっていたんです。他ならぬあなた自身が、僕の証人だ。そうでしょう、法月さん」

「そうです」

「なんだ、それじゃ自殺に決まりじゃないか」武宮が安堵の声を洩らした。

警視はゆっくりとかぶりを振った。恭平が長椅子から腰を上げかけた。

そのとき急に、香織がくしゃみをたてつづけに三回、くりかえした。

真藤はあわてて、娘の顔をのぞき込んだ。

「やっぱり、おまえ風邪をひいたな？」

「お部屋が寒かったですか」沢渡が如才なく尋ねた。

「いえ」真藤が申しわけなさそうに言った。「この子が悪いんです。夕べ、おねしょをしましてね。それで体が冷えたらしい」

「香織ちゃんにホット・ミルクを」と沢渡は、峰裕子に頼んだ。「それから皆さんに、コーヒーをさしあげて」

警視は、出鼻をくじかれた格好になった。そこへ柴崎が電話をかけ終えて、戻ってきた。

「駅にひとり人間を置きました。他に行き先はないでしょう。じきに網に引っかかります」

峰裕子が飲み物をこしらえて、持ってきた。

「どうします」柴崎が、警視に尋ねた。

「とっかかりは、君に任せよう」

柴崎は肩をすくめた。一同の方を向いて、

「では、皆さん自己紹介をしていただけますか。名前と職業、それに住所と連絡先もお忘れなく。沢渡さんと、峰さんは、とりあえず結構です」

真藤、恭平、武宮、そして篠塚の順で、自分の素姓を述べた。柴崎はそれを書きとめると、

「これから篠塚真棹さんの死にまつわる事情について、皆さんにいくつか質問させてもらいます。初めに、沢渡さん。このシーズン・オフの井賀沼に、これだけの顔ぶれが集まったいわれを説明してください」

沢渡は、昨夜と同じ説明をした。昔の結婚記念日という、あれである。

「それは風変わりなお話ですな」

「ご主人をさしおいて僕が言うのもなんですが、あれはずいぶん変わった女でした。無邪気というか、わがままな性格の持ち主でした」

「するとここにいる皆さんは、亡くなった真棹さんと、生前、親しかった方ばかりと

いうことになりますね」

「そうです」

警視は、柴崎に目くばせした。

「あなたは、どういうおつきあいです、武宮さん」

「私は彼女の歯を治療していました」

「いつ頃から？」

武宮は、ちょっと口ごもりかけた。

「——二ヵ月、いや一ヵ月半です」

「患者さんとは、だれでもそんなに親しくされる方ですか」

「いや、真棹さんだけが特別です。彼女は、趣味もいいし、話も面白いし、友達として、これ以上望むことのない人でしたから」

「井賀沼にこられたことは？」

「今回が、初めてです」

「真藤さん、あなたは」

「彼女が、私の個展を見にきた時に知り合いました。知人が紹介してくれたのです。篠塚さんは、私の茶碗が気に入ったとおっしゃいました。個展の後で、二、三度、私の仕事場に遊びにきたこともあります。井賀沼は、私も初めての土地です」

「なるほど。弟の方の沢渡さん、あなたは元の義姉さんとは、わりと親しかったのですか」

「特に意識はしませんが、最近でもこっちに遊びにきた時には、よくお二人と顔を合わせましたから、そんなによそよそしい間柄じゃありませんでした」

「皆さんはどういう形で、井賀沼に招かれたんです」

沢渡が答を先取りした。

「私が全員に、招待状をお送りしました。ただし、人選はすべて真棹さんですけど」

「その人選について、彼女はなにか説明をしましたか」

「いいえ。ただ彼女はこういうささやかなパーティーが前から好きで、私が招待状を出したことは、これまでにも何度かありましたが、人選の理由を教えられたことは一回もないですし、こちらから訊いたこともありません」

「行方をくらました中山美和子という女性について、なにかごぞんじないですか」

「〈マーキュリー企画〉という芸能プロダクションに所属しているモデルさんということぐらいしか知りません。招待状も、事務所宛に出しましたし」

「では、今回のメンバーに、いつもとはちがう特徴のようなものはありませんか」

「どういう意味でしょうか」

「仮に真棹さんがあらかじめ死を決意していて、最後の晩餐の顔ぶれにその決意を反映させたというふしはありませんか」

「いや、そんなことはないと思います」

柴崎は、死んだ女の夫に目をそそいだ。

「篠塚さん、あなたにはまずお悔やみを申しあげます」

篠塚は、心ここにあらずという表情で、たいぎそうにうなずいた。

「お心落としのところ申しわけないが、さっそくお尋ねします。奥様が亡くなられた理由について、なにか心当たりはありませんか」

篠塚は黙っていた。質問が人ごとであるかのように、コーヒーをすすった。

「篠塚さん？」

篠塚に代わって、沢渡が柴崎の質問に答えた。

「真棹さんは最近、お医者さんから心疾患の疑いがあるから、精密検査を受けるようにと、注意を受けていたそうです。恐らくそれを気に病んで――」

「警部は篠塚さんに質問したのです」と警視が口をはさんだ。「あなたの口から答えてください、篠塚さん」

篠塚は顔を上げた。頬の筋肉が引きつったような表情をみせて、言った。

「いま沢渡さんが言った通りです。真棹の心臓が悪くなっていたのは、確かでした。あれはそんなことなど苦にしていないふりをしていましたが、時々、息切れや不整脈があると、ずいぶん気にしていたようです」

「本当ですか」と柴崎が念を押した。

「ええ」

警視はちょっと顔をしかめた。あいにくなことに、その表情を柴崎にしっかり見られてしまった。

「それだけでは、自殺の動機として弱すぎる」と警視は言った。

「他に思い当ることは」

「ここ数日来、妻が持っていた株が値を下げて、かなり損をしたようです。昨日も、こっちに来る前、東京で証券ブローカーと会っています。私はあまり詳しく知りませんが、もしかしたら、予想以上に真棹にはこたえていたのかもしれません。いま思い当るのは、その程度です」

柴崎がそのブローカーの名を尋ねると、篠塚はP証券の名を挙げた。

「――話は変わりますが、篠塚さん。法月警視によると、死体が発見された時、離れには奥さん一人しかいなかったとか。昨夜、あなたはどこで寝ていたのですか」

「ここです。このラウンジです。一人でビールを飲んでいるうちに眠ってしまって」

篠塚は、了解を求めるように、警視へ目を向けた。

「あれから、朝までずっとここにいたのですか」と警視。

「ええ。恭平君にたたき起こされるまで、なにも知らずにぐっすり寝ていたんです」

恭平がうなずいた。

「ビールの空き缶をずらりと並べて、ヒーターもつけっぱなしで、長椅子の上で眠っていましたよ」

「そういうことは、よくあるんですか」

「ここでは珍しくないです」篠塚は面倒くさそうに言った。「離れで寝ればいいのでしょうが、どうもあそこの寝室は、私の趣味に合わない」

「なるほど」柴崎は手帳のページをあらためた。「ではついでに他の方々にもお訊きします。昨夜、いや正確には、今日の午前二時前後になりますが、皆さんそれぞれの所在を明らかにしたいのです。さしつかえなければ、お答えください」

「アリバイ調べですか」武宮がむっとした様子を隠さずに、言った。

「形式的なものです」

「そうだといいんだが」武宮は警視へぶしつけな視線を投げた。「じゃあ私からお答えしよう。といっても、特に言うほどのことはありません。自分の部屋で寝ていましたから」

「部屋というのは、どこです」

「二〇五号室。二階の、表に面した部屋です」

「やすまれたのは、何時頃です？」

「十二時前かな。六時に恭平君に起こされるまで、ずっとベッドの中でしたよ」

つぎに、真藤が言った。

「私と娘は、十一時には部屋に引き取りました。部屋は二〇七号室です。武宮さん同様、朝まで寝ていました」二〇七号室は武宮の部屋の東隣りで、二階の南東の角にあたる。

「あなたは、峰さん？」

「片付けものをすまして、十二時すぎに自分の部屋に上がり、三時頃まで起きていました」

「三時ですか。かなり遅いですね。なにをなさっていたんですか」

「書きものをしていました」峰裕子は、そっけなく言い足した。「しばらく前から、小説を書いているんです」

「僕の部屋は一〇五号です。距離的には、離れにいちばん近い部屋です」と恭平が言った。あくびをひとつはさんで、「一時すぎに消灯して、六時前に離れの電話の音で目がさめるまで、寝てました」

「どうやらしっかりしたアリバイがあるのは、私だけのようですね」

と沢渡が冷ややかに言った。

彼は挑戦的な態度をあらわに示して、警視を見つめた。

「——私は午前二時五分前まで、自分の部屋で、法月警視としゃべっていた」

9

(作者からの註——本節の中で、カーター・ディクスンの『白い僧院の殺人』のトリックを明かします。未読の方は、次の空白行までとばしてお読み下さい)

「綸太郎か、俺だ」

「またお父さんか。どうしたんです」

「どうしたもこうしたもない。頼むから、こっちへ来て、俺を助けてくれ」

「無理だって言ってるでしょう。その後、なにか進展はありましたか」

「状況は悪化している。早い段階で、他殺の証拠を見つけださないと、事件が握りつぶされてしまうおそれがある」

「どういうことですか、それは」

「事件をほじくり返すのを、喜ばない人間がいる。彼が圧力をかけてくる可能性がある」

「なにものです、そいつは」

「――母さんのまたいとこだ」

「まさか！　あいつが絡んでるんですか。やっかいだな」

「なんとか先手をうつ必要がある。だが、例の密室がネックになってる。そこでさっき言っていた、なんとかいう本だが」

「『白い僧院の殺人』ですか」

「ああ、それだ。その本は、正確にはどういう状況を扱っているんだ」

「お父さんが抱えている謎と、ほぼ同じです。でも応用は利かないと思いますけどね」

「なぜだ」

「ネタを割りますとね、『白い僧院』では、真の犯行現場は死体の見つかった離れではなく、母屋の方なんです。発見者は母屋の玄関から、死体を背負って離れまで歩いていき、そこが犯行現場であったかのように偽装する。したがって新雪の上には、発見者の足跡しか残らない。簡単に種明かしをすると、そういうことになるんです」

「なるほど」

「ところが、『月蝕荘』のケースでは、鍵がかかっていたために、発見者は離れの軒先までしか行けなかったわけですね。だから死体移動の可能性は否定される」

「そうか。それに、仮に発見者が死体を背負って歩いたのなら、二人分の体重がかかって、足跡が雪の中に深くめり込んだはずだが、恭平君の足跡の深さは私のものと変わらなかった。同じトリックは使えない」

「お父さんの言う通り、それが殺人だったとすれば、犯人は相当頭のいい人物にちがいない」

「ああ」警視は反射的に、沢渡冬規の顔を思い浮かべた。「相当頭のいい人物だな」

「お父さん、なんとかがんばってください。今すぐというわけにはいきませんが、うまく編集を説き伏せて、そっちへ向かいます。それまでに、できるだけデータをそろえておいてください」

「わかった。それから綸太郎、〈マーキュリー企画〉という芸能プロに、中山美和子という名前のモデルがいるかどうか、調べておいてくれないか。美和子の美和は、美しいに、平和の和だ。事件とのつながりは薄いかもしれんが、気になる娘がいる」

「わかりました。なにかあったら、遠慮なく電話してください」

警視は電話を切ってから、そっとつぶやいた。

「だれが遠慮するか」


柴崎は、いったん井賀沼署に戻ることになった。

「私はここに残って、様子を見る」と警視は言った。

「なにかあったら、すぐ連絡をください」

「君が良心的な警官であることを祈ってるよ」と肩をたたいて、警視は柴崎を見送った。去りぎわに柴崎は、けげんな表情をみせた。

昼食は、スパゲティーだった。警視は十分足らずで皿を片付け、すぐに食堂を引きはらった。その間、だれも彼に話しかけなかった。

警視はもう一度、離れに向かった。現場百遍、というぐらいだ。くりかえし足を運ぶうちに、見落としていたなにかを見つけられるかもしれない。それにひとりになって、考えを整理するつもりもあった。すでに篠塚は、母屋の二〇二号室に身柄を移している。

寝室の、ダブルベッドの端に腰を下ろして、煙草に火をつけた。

正直なところ、自分でも、篠塚真棹が殺されたとする主張にまったく説得力のないことが、わかっていた。あの女が自ら命を絶つということは、絶対に考えられないが、しかしそれを否定する証拠のないことも、また確かだった。すると、雪のじゅうたんに囲まれた離れの密室状況が、大きな意味を持つことになる。

なんとか突破口を見つけないと、身動きがとれない。

離れが内側から施錠されていた点については、スペアキーが母屋のロビーにあったわけだから、かならずしも完璧な不可能とはいえない。問題は、雪の上に足跡がなかったことである。

もちろん、死亡推定時刻が、二時よりもずっと前だったと考えれば、この謎はたちどころに解決される。雪がまったく乱れず、均一に降り積もっていたことから、降り始めて間もない時間、つまり一時半までに犯人が凶行を終え、偽装工作をすませて、母屋に戻ったとすれば、足跡は残らない（それ以後、十分ないし二十分程度の積雪では、足跡の凹凸がまだ見分けられるはずである）。

死体の所見上は、真棹が一時半に絶命したとしても、矛盾は生じない。だがドレッサーの上のデジタル時計が、二時七分を指して止まっていたことが、重要な意味をもつ。

当然、密室を作るための犯人の偽装工作、ということになるわけだが、しかしそれではつじつまの合わない点が出てくる。すなわち、実際に雪がやんだ午前二時より以前の時点では、いつ雪がやむか、予想することができないという点である。たとえば、仮に今朝、三時まで雪が降り続いたとすれば、デジタル時計を二時七分に進めて、死亡時刻をずらしても、なんの意味もなさない。死亡時刻が、雪の降りやむ時刻よりも前でなければ、密室状況は成立しないからである。

雪がやむ前に離れを去らなければ、雪の上に足跡が残る。離れを出れば、もう時計を進めて、死亡時刻をごまかすことはできない。だが、あらかじめ雪のやむ時間を知る手段はない。つまりこの方法は、原理的には可能だが、実行は困難なのだ。

いや、犯人は、単にアリバイ工作を意図したのみで、二時に雪がやんだのは偶然のいたずらにすぎない、と考えることはできる。しかしこの仮定の欠陥は、かんじんの二時七分にアリバイを持つ者がいないということだ。沢渡冬規は事実上、完璧なアリバイを持つが、あれは俺がたまたま部屋を訪ねたから成立するもので、事前工作の余地はない。

そう考えると、やはり二時七分という犯行時刻は、動かしがたい。

では、犯人はいかにして雪の密室から姿を消したのか?

何分かがむなしく過ぎた。白い灰だけが増えていった。

突然、ノックの音がして、警視の黙考が断ちきられた。ドアを開けて、寝室に入ってきたのは、真藤老人だった。

香織の姿はない。娘といっしょでない彼を見るのは、初めてであった。そのせいかもしれない、ずいぶんやつれた表情にみえた。

「おじゃましても、かまいませんか」と彼が言った。「実は、内密にお話ししたいことがありまして」

警視はうなずいて、

「部屋を替えましょう。隣りのリビングへ」

二人は席を移した。警視が部屋のドアを閉めた。

「——これでだれにも盗み聞きされることはないでしょう」老陶芸家と向かい合う席に腰を下ろした。「で、あなたのお話というのは」

真藤はすぐに切り出すことができなかった。太い、節くれだった指を互いにからみ合わせたり、離したりをくりかえしている。目を落ち着きなく、あちこちにさまよわせた。

　警視は質問を変えて、抑えた口調で尋ねた。

「あなたも、ラヴェンダー色のインクで書いた脅迫状を、受け取っていたのですか？」

　真藤の指の動きが止まった。彼の目が、ゆっくりとこちらに焦点を合わせた。

「あなたも、ということは――」

「ええ」警視はうなずいた。

「やはりそうだったのですか」

　真藤は立ち上がって、窓の方に歩いていった。

「――お気づきかもしれませんが、香織は私の娘ではありません。年下の妻が、どこかよその男とつくった子供です」

「申しわけありません」警視は頭を下げた。「無理に訊く必要は、ありませんでした」

　真藤はふりかえると、うつろな笑みを浮かべた。

「もういいのです」と彼が言った。「この秘密を、墓場に持っていく前に、だれかにうちあけてしまいたかったのです」

「奥さんは、あなたが不貞に気づいていることをごぞんじないのですか」

「そうです。私は今さら妻を責める気はありません。妻も、あれなりに悩んでいる。私は、香織に免じて、妻を許すことに決めたのです」

「相手の男はどうしたのです」

「第三者を通じて、警告を出しました。二度と妻の周囲に近づかないように、と。なにがしかの手切れ金を渡さなければなりませんでしたが、男は去りました。私が手を回したことを、妻には悟られてはいません」

「その秘密が、篠塚真棹の手に渡ったのですね」

「恐らく仲介を任せた第三者から流れたのでしょう。九月頃から、ラヴェンダー色のインクで書かれた手紙が、舞いこむようになりました。いずれも妻の過ちと、香織が不貞の子であることを指摘するものでした。初めは、送り主の正体も、意図も見当がつかなかったのですが、半月ほど前に受け取った、この『月蝕荘』への招待状を読んで、やっとからくりが明らかになったのです。篠塚真棹と知り合ったのは、手紙が来はじめるほんの一月前でした」

「犠牲者の不安をゆっくりと時間をかけて熟成させ、それが頂点にさしかかったところで手札を開き、いっきに押しつぶす。もっとも卑劣な恐喝の方法です」

「遅かれ早かれ、私はあの女の言いなりになっていたはずです。私が知っていることを妻が知れば、きっと私のもとを去るでしょう。そんな事態には、もう耐えられんのです。だがそれ以上に耐えられないのは、香織が私を父親と呼べなくなることです。だからその気になれば、あの女は、私の生死まで左右できたでしょう」

　警視はしずかに尋ねた。

「あなたが彼女を殺したのですか、真藤さん？」

「チャンスがあれば、そうしていたでしょう。しかし私が殺したのではありません。昨夜は、まだ私にはお呼びがかからなかったのです」

　真藤はズボンのポケットに手を入れると、小さく丸めた紙くずを引っぱりだした。

「私がここに来たのは、これをお渡しするためです。今朝、香織が持っていたものです。いつ、どこで手に入れたのかはっきりとはわかりませんが、たぶん昨夜のうちに、ラウンジかロビーで拾ったのだと思います」

　警視は紙片を受け取ると、慎重な手つきでしわを伸ばした。すでに旧知のものとなっている筆跡で、一行だけ、短いメモが記されていた。

『離れで一時にお待ちします』

署名はなかった。

必要ではなかった。その文字が、ラヴェンダー色のインクで書かれていたからだった。

「真藤さん」と警視は言った。「なぜわざわざ、これを私に？」

「取引ですよ」真藤は自分自身の声に、耳を澄ますようなしぐさをした。「あなたはきっとこの事件の真相を明るみに出すでしょう。その時、私の秘密を絶対に明かさないことを約束してほしいのです。そのために協力するのです」

「いいですよ――ただしあなたが、殺人犯でなければ」

真藤は、警視の答に驚いたようだった。なにか反論を口にしかけたが、自ら抑えた。そのまま背を向けて、部屋を出ていった。

警視はしばらくメモを見つめていた。やがてそれに飽きると、メモをていねいにたたんで、ポケットに収めた。篠塚国夫と話をするために、『月蝕荘』へ戻ることにした。

10

篠塚国夫はラウンジにいた。テーブルにビールの空き缶を並べて、自分はだらしなく長椅子に寝そべっていた。警視が声をかけようとすると、食堂に通じるドアから、エプロン姿の峰裕子が現われて、身ぶりで彼を制した。

耳を澄ますと、篠塚はかすかに寝息をたてていた。

「しばらくそっとしておいてあげましょう」と峰裕子がささやいた。

警視はうなずいた。裕子は音をたてないように気をつけて、テーブルの上を片付ける。眠っている篠塚の体に膝掛けをかけてやると、食堂を抜けて、厨房に戻っていった。

警視は、彼女と話してみることにした。

「篠塚さんは、かなりこたえているようですね」

「ええ」裕子は、洗い物をする手を休めずに、答えた。「篠塚さんは、奥さんにぞっこん惚れぬいていたようですわ。変な言い方ですけどね、まるで女王様に仕えるしもべみたいな献身ぶりでした。でも奥さんはああいう人だったでしょう、時々、傍で見ていて気の毒になるような場面もありました」

彼女の言葉の中には、単なる同情や軽蔑とはちがう、もっと身につまされるような感情が見え隠れしていた。

「沢渡さんの立場にも、微妙なものがあったようですが」

「あれは、冬規さんがはっきりしないのがいけなかったんです。昔の奥さんだったからといって、いつまでもあの女に振り回されていたのは、だらしない証拠です」

「でも振り回されていたのは、沢渡さんだけではないでしょう。真棹さんという人には、男たちが言いなりになってしまうのも仕方がないような、強烈な個性が備わっていたのではありませんか」

「同性の私には、よくわかりませんわ」

「そうでしょうか。あなたなら、真棹さんの偽らざる素顔を見抜いているような気がしたのですが」

裕子は手を止めて、ふりむいた。

「誘導尋問のつもりですの?」

「まさか」ひと呼吸おいて、尋ねた。「それともなにか思い当ることでもあるのですか」

「やっぱり誘導尋問じゃありませんか」

警視は肩をすくめた。裕子は思い切ったようにタオルで手をふくと、エプロンをはずした。そして食堂に行くように、警視をうながした。

「なにから話したら、いいのかしら」湯飲みに緑茶をそそいで、裕子は首をかしげた。

「あなた自身のことから」

　裕子は椅子の上で、ちょっと体をふるわせた。ふいに席を離れて、ラウンジに通じるドアを閉めに立った。戻ってくると、やにわに口を開いた。

「柴崎警部が、私のことをなにか言ってませんでしたか」

「三年前の秋の話を聞きました」

「――まだ『月蝕荘』が、あばらやだった頃のことですわ。あの時には、冬規さんにもずいぶん迷惑をかけました。当時は、よそ者が廃屋に住みついて、得体の知れないことをやっているというので、土地の人からはあまりいい目で見られていなかったらしいんです。そこで泊まり客が自殺を図ったのですから、彼も相当苦しい立場にたたされたみたいです。でもそれは後で聞いた話です。冬規さんはそんなことはおくびにも出さず、私を回復させるためにあらゆる努力をしてくれました。私は感動しました。私にとって、だれか他の人からそんなふうに大事にされたという経験は、生まれて初めてだったのです」

　裕子はお茶で唇を湿した。

「話は前に戻りますが、私の父は、峰達彦という小説家でした」

「沢渡さんにお聞きしました」

「あの人は、弱い人間でした。作家としての才能も、三十代までで使い果たしていたと思います。私が物心ついてから目にした父の姿は、書くべきものを失った作家のなれの果てでした。酒におぼれて、水商売の女と寝る。そしてそれを身辺雑記風の文章につづって発表する――今時、そんなのははやらないとお思いでしょう。でも晩年のあの人は、毎日がそういうことのくりかえしだったのです」

「お父さんに対して、ずいぶん手厳しいのですね」

「これでも以前よりは、相当おとなしい言い方をしているつもりですけど。私が父を許せないのは、母に対するしうちがひどかったからです。母は山の手育ちのおとなしい人でした。父がどんなに理不尽なことをしても、うつむいて、黙ったまま、それに耐えていました。それでいて、父の不始末はすべて母が尻ぬぐいをしていたのです。そのことを知っていながら、父は母に礼ひとつ言うわけではありません。なにが気に入らないのか、いっそう母につらく当たったものでした。

外で拾ってきたような女を、家に連れて帰ることも、珍しくありませんでした。そして母の目の前で、そんな女とふざけ合ったりするのです。それでも母は文句も言わずに、女どもをもてなしていました。あれは家庭というものではありませんでした。娘の私にさえ、あれほど耐えがたいものだったのです、母にとっては、毎日が地獄だったことでしょう。もともと体が丈夫でなかった母は、私が十六の年に、あっけなく逝ってしまいました」

「お気の毒に」

「父に殺されたのだと、今でも思っています。それでも母は最期まで父のことだけを思っていました。死の床で、父の名を呼び続けていました。私は父を憎んでいましたが、母の最期の望みだけはかなえてあげたかった。それで私は、その頃父が女と暮していたアパートに駆け込んで、母の死に際をみとってやってほしいと、頭を下げて頼んだのです。でもあの男は、汚いももひき一枚の格好で、私に言ったのです。俺は今、忙しいんだ、縁起でもないことで、わずらわせないでくれって――私が戻った時にはもう、母は息を引き取っていました」

裕子はまた、湯飲みに口をつけた。

「その時、父がいっしょに住んでいた女の名が、井上真棹。篠塚さんの奥さんですわ」

「――本当ですか」

「ええ。亡くなった方のことを悪く言うのは、あまり気持ちのいいものじゃありませんけど。あの女はもともと、今でいう風俗営業の店に勤めていて、そこで父に見染められたのです。でも結局、父は利用されただけだったのですが。母の死後、父は財産のほとんどを彼女にだまし取られました。文壇の関係者だったら、だれでも知ってることですわ。井上真棹は、父からまきあげたお金を元手に、赤坂で政官界人相手の高級クラブを始めて、成功したんです」

「それから後の話は、私も知っています」と警視は言った。

井上真棹は、短期間のあいだに、霞が関の人脈の中に強力なコネクションを作り上げた。彼女の狙いは明らかだった。井上真棹の情熱は、特権階級にのし上がることにのみ、向けられていた。そのために、最上級の形容詞のつく伴侶を求めていたのである。そしてついに彼女が手に入れた獲物こそ、当時、飛ぶ鳥を落とす勢いだった沢渡冬規に他ならなかった。

「彼女がどのような巧言を弄(ろう)して、沢渡さんに取り入ったか、想像にかたくないです。世間ずれしていなかった彼は、いっぺんに彼女に落とされてしまったんでしょう。しかも沢渡さんのようなトップ・エリートがああいう女性と結婚するということになると、普通はもっとスキャンダラスな扱いを受けるものですが、彼らの場合はそういう騒ぎはありませんでしたね。今にして思えば、奇妙な話ですが、それだけ彼女が隠然たる支配力を持っていたということにつきるのでしょう」

「真棹さんという人は、生まれながらにそういう力を備えていたのだと思います。きっと数えきれないほどの人々が、あの女の犠牲になって、人生を狂わせられたにちがいありません」

「あなたのお父さんも、その犠牲者のひとりなんじゃありませんか」

「父の場合は、自業自得ですわ。あの女に離れられてからというもの、父はいっぺんに生きる意欲をなくしてしまったようです。母の死には、びくともしなかった男がです。ますますお酒におぼれるようになったそうです。最後には、肝臓がぼろぼろになって、枯れ木のような体で死にました。これっぽっちも同情なんてしませんでした。いい気味だって思いました。私が二十四の時です。母の死後は、三回しか口をきいていません。三度とも、ののしり合いになりました」

「ずいぶんご苦労なさったんですね」

裕子は小さく肩をゆすった。

「母が死んだ後、自暴自棄になって、暴走族みたいな連中とつき合っていた時期もあるんです。今にして思えば、父に対する当てつけだったんですね。ろくなことはありませんでしたわ。バイク事故に巻きこまれて、大けがをしました。タンデム・シートに乗っていたんです。今でも左足を少し引きずること、お気づきでしょう？　そのときの後遺症です。いっしょにいた男は即死でした。父は私の病室に来て、『ざまをみろ』と言いました。その言葉にかちんときて、立ち直ってやろうと決心したんです。それから人が変わったように勉強して、K大にストレートで合格しました。

先生になるつもりで、大学では教育学をやりました。教授の勧めもあって、院に残って、カウンセリングの勉強を続けたんですけど、父の死が、予想外の打撃だったみたいで。この世で一番憎んでいた男が、ふっといなくなってしまうと、かえって自分の存在が無意味に思えたのかもしれません。大学を休学して、何ヵ月か、あちこちをさまよいました」

「ここへ来たのは、偶然だったのですか」

「いいえ。人づてに、井上真棹の別れた夫がペンションをやっていると聞いて、矢も盾もたまらずに、この井賀沼に足が向いたんです。まさかそこでもう一度、あの女と顔を合わせることになるとは思いませんでした。私の神経は、そのショックに耐えられなかったんです」

「それで服毒自殺を願った――」

「本当に死にたいと思ってやったことだったのか、今では怪しいものだと思いますわ。でもおかげで私は冬規さんという師を得て、新しい人生をつかむことができました。紆余曲折はありましたが、これが私の運命だったと思います。今はただ、一生、あの人についていくつもりです」

裕子は、唐突に話を切り上げた。その切り上げ方に、警視はなんとなく作為的なにおいを感じた。裕子がなにか重要なことを省略したのではないか、という気がした。だが、今それを追及することは、ためらわれた。とりあえず築き上げた峰裕子とのコミュニケーションを、性急な質問によって壊したくはなかったからである。

「――小説を書いていると言ってましたね」

「ええ、両親のことを。冬規さんが勧めてくれたんです。一種の精神療法ですって。しばらく前だったら、あの頃のことを思い出すだけで、精神が不安定になったものですが、今では、かなり冷静に両親のエピソードをつづれるようになりました。小説を書くことが、私自身の過去を清算することにつながっているのでしょう。自分でも、やっと本当にやるべきことを見出しつつあるような気がするんです」

「血は争えないものですね。きっとあなたは、お父さんの才能を受け継いでいますよ」

「どうかしら」と裕子は首をかしげた。

その口ぶりに、ぎごちないものを感じた。恐らく自分の中の「父親的なもの」に対するとまどいがあるのだろう、警視はそう解釈した。お茶を飲み干して、裕子に言った。

「興味深い話をありがとう。そろそろ私は退散します」

去りぎわに、裕子が尋ねた。

「——本当に、篠塚真棹は殺されたのですか？」

その名前が、一個の抽象名詞であるかのような、訊き方であった。

警視はうなずいた。そうしてから、初めて気づいた。峰裕子にも、篠塚真棹を殺害するだけの、立派な動機があるということに。


起こすつもりはなかったが、こちらの気配を感じたのだろう。ラウンジを通り抜けようとして、警視は篠塚に呼び止められた。

「法月さん」体を起こしながら言った。「私になにか用ですか」

「ええ、でもよろしいですか」

「お気づかいなく。それほど参っているわけでもありませんから」

と言いながらも、その言葉には、けだるい虚勢が感じられた。しかしそれを指摘するのは、かえって相手に対して無礼であるような気がした。

「では少しお話をうかがいたいのですが」と警視は言った。「——ここではなんですから、私の部屋へ」

「お手柔らかに」

篠塚はさめた表情をかいま見せた。白髪が、紙の燃え殻のように寝乱れていた。

一〇二号室に入ると、昨日と同じ水音が二人を迎えた。篠塚をロッキング・チェアにすわらせ、警視は窓を背に立った。

「本当のところはどうなんです」と警視が切り出した。「奥さんが自殺した、本気でそうお考えですか」

「ずいぶんぶしつけな質問ですね、法月さん」

「それは承知の上です。あなたの答次第で、われわれを取り巻く状況は大きく変わります。奥さんがここでなにをしようと企んでいたか、それを明らかにすれば、柴崎警部の対応も変わるはずです」

その言葉は嘘ではないが、本心から出たものでもなかった。尋問上のあやという方が近かった。篠塚もそれをかぎつけているようだった。

「法月さん、それはあなたから言ってやればいいことじゃないですか」

「もう言いましたよ。だが、私が言っても、役に立たない。夫のあなたの口から出た時に、初めて重みのある事実となるんです」

　篠塚は肩をすぼめた。

「死んだ妻の悪事を暴いて、よろこぶ夫がいますか？」

「奥さんを殺した人間が、憎くはないんですか」

　篠塚は唐突に、その場にそぐわない笑みを浮かべた。自らをおとしめるような表情であった。彼は、椅子をゆっくりと揺らしはじめた。

「私は、真棹を殺した人間に感謝しなければならない」

「なんですって」

「よくやってくれた、と言いたいぐらいです。真棹は、私にとって、天敵のような女でした。あれが死んで、私もやっと解放された」

「あなたは真棹さんのことを、愛していたのではないのですか」

「そうです」篠塚は、はっきり言ってのけた。「私は真棹に惚れぬいていましたよ。あれほどの女は他にいない。私の生きがいでした」

　その答はほんものだった。篠塚は、目に涙さえ浮かべていた。

「じゃあ、どうして」

「あなたは真棹を知らない」と篠塚が言った。「あれがどれほど恐ろしい女だったかを知らないのです。真棹を愛した者でなければ、わからないでしょう。真棹を手に入れたことが私の生涯で最高の幸福であり、同時に最悪の不幸でもあったのです。私には、ふさわしくない女でした。だが真棹にふさわしい男など、そもそも存在しないのです。『運命』とおりあいをつけられる男が存在しないように。確かに私は、真棹の呪縛から解放された。でも同時に、生きる目的も失ってしまったのです」

「あなたのおっしゃることは、支離滅裂だ」

「ええ」篠塚はあっさりと認めた。「真棹という女自身が、矛盾に満ちた人間だったのですから。妻は、支配欲に取りつかれた自己愛の権化だった。だからこそ、いつでもぎらぎらと輝いておったのです。そして、あの輝きに取りこまれることは、私のような人間にとっての至福なのです。たとえそのために自分がぼろぼろになっていくのが目に見えていても」

警視はめまいのするような戦慄をおぼえた。目の前にいる白髪の男は、沢渡冬規以上に神秘主義的な考えに取りつかれているのではないか、と思った。そしてこのブルジョアの権化のような男が、学生時代には、理想主義的な文学サークルに属していたという逸話をふと思い出した。

警視は質問の角度を変えることにした。

「さっき真藤さんが見えましてね、香織ちゃんに関する秘密をうちあけてくれました。無論、あなたは最初からごぞんじだったはずですが」

「ほう、真藤さんが」篠塚は思いがけない関心を示した。「香織ちゃんに関する秘密をねえ」

篠塚が笑ったような気がして、警視は不安を感じた。その不安を抑えつけ、続けた。

「中山さんがいきなり姿を消したこともあります。武宮さんの挙動にも、少しおかしいふしがある。それに、私は恭平君が今回にかぎって、なぜわざわざ招待を受けたか、その理由を知っています。『月蝕荘』に招かれた人々は、すべてあなたの奥さんになんらかの弱みを握られて、恐喝を受けようとしていたのです。そしてその中のひとりが、昨夜、離れに呼び出された。あなたはそのことを知っていたはずですね。だからずっとラウンジに残っていた」

「天下の法月警視が言うのなら、きっとそうなのでしょう」篠塚は少しも動揺を見せないで言った。そこにはすでに、妻を失って悲嘆にくれている男の顔はなかった。

「しかしその弱みを握られた人の中には、当然、あなた自身も含まれているのではありませんか。妻の死を追及すれば、あなたの秘密だっていやおうなく、世間に広まることになる。そうすると、ご自慢の息子さんが、悲しむ結果になりませんか」

「それがあなたたちの切り札ですか」

「めっそうもない」

「あいにくですが、それは私を思いとどまらせる武器にはなり得ないんです」

「亡くなった奥さんの名をひきあいに出しても？」

「ええ」警視は吐き出すように言った。「汚い手を使うのは、決して真棹さんの専売特許だったわけではありませんから」

篠塚はしばらく警視の言葉を吟味していた。やがてつぶやくように言った。

「――姻戚関係か。うかつでしたな、ぜんぜん気づきませんでした」

「そういうことです」警視は真藤から受け取ったメモを、篠塚に見せた。「これは奥さんの字ですね？」

篠塚は目を細めて、うなずいた。

「奥さんが離れに呼び出した相手は、だれだったのですか」

「知りません」

答は早かった。知っていたとしても、絶対にしゃべるつもりはないのだ。

「そうですか」警視は全く突然に、話題を変えた。「ところで昨日、夕食の後ラウンジで真棹さんが言ったことが気になっているのですが。彼女は沢渡氏の新しい世界観を、たったひとことでくつがえすことができる、とうそぶいていましたね。あれはどういう意味なのです」

「そんなことを訊いてどうするんです」

「ということは、ごぞんじなんですね」

「――あなたにはかなわないですな」篠塚はため息をついた。「これは真棹に直接確かめたことではありません。ある筋から聞いた噂で、ひょっとしたら、作り話かもしれない。それでもよければ、お話ししましょう。

その前に、法月さん。あなたは、沢渡さんが以前の重要なポストから退いてしまうきっかけとなったあるできごとを、ごぞんじでしょうか」

「知っています。例のソクラテスばりのエピソードでしょう。昨夜、本人から聞きました」

「それなら話は早い。私が聞いた噂では、あの『汝自身を知れ』というメッセージは、どうやら偶然出てきたものではなかったらしいのです」

「どういうことですか、それは」

「彼のスタッフのひとりが、あらかじめプログラムの中にいたずらを仕掛けておいたというのが、真相のようなのです。もちろん、その気になって解析すればすぐにタネが割れるようなトリックだった。ところが、沢渡氏がそれを必要以上に真に受けてしまって、ことが大きくなり、ああいう結果になったというわけです」

「――しかし、よりによってなぜそんなたちの悪いいたずらを？」

篠塚は目を細めて、ぼそっとした声で言った。

「後ろでそそのかした人間がいたんですよ」

「真棹さんのしわざ、ですか」

「ええ。世間一般では、沢渡氏があれと別れる決心をしたのは、そのできごとがあったせいだと思われていますが、実際は、もっと以前から深刻な夫婦の危機を迎えていたのです。言うまでもなく、原因は真棹の素行が悪かったためで、あまり知られていませんが、二人は一時的に別居しています。沢渡氏の人生を変える『天啓』が現われたのは、ちょうどその期間中でした。私も、真棹なら意趣返しのために、それぐらいの小細工を弄しても不思議ではないと思いますね。ただそれが、予想外の結果を招いたわけで」

「沢渡さんは、その噂を？」

「もちろん知りません」

「その噂は、真実だと思いますね」と警視は言った。「それで彼女の台詞も説明がつく。自分がやったのだ、そのひとことで神秘的なメッキははがれて、単なるやらせに堕してしまうわけだ。沢渡氏の今の生活を根底からくつがえすことができるかは疑問ですが、彼に大きな打撃を与えることは確実ですね」

「ただ真棹には、本当にそれを口にするつもりはなかったでしょう。真相を告げた瞬間に、彼に対する潜在的な支配力を失ってしまいますからな。それに沢渡氏だって、真棹が嘘をついていないことはわかっていたはずだから、ほのめかすだけで、十分影響力を行使することができたはずです」

「それを知っていて、ずっと黙っているのは、なぜです」

篠塚は首を小さくすくめてみせた。

「私は、これでも沢渡さんのことが好きなのですよ」

「――沢渡夫妻の不仲を招いた原因に、ひょっとしたらあなた自身、心当たりがあるのではないですか」

「なんのことですかな」

はぐらかすように篠塚は、わざとらしい含み笑いをしてみせた。

「ねえ、篠塚さん」と警視は言った。「あなたはなにか隠しているようだ。本当に昨夜は、一晩中ラウンジで酔いつぶれていたのですか」

今度は聞こえないふりをした。警視は最後に、もうひとつだけ訊いた。

「今朝早く、離れにかかってきた電話ですが、だれからのものだったか、見当はつきませんか？」

「たぶん――」

「たぶん？」

「若いつばめからでしょう」

それが篠塚の虚言にすぎないことに気づいた時には、もう部屋の中に彼の姿はなかった。

11

警視は一〇五号室のドアをノックした。

恭平はいなかった。

ドアはロックされておらず、無断で部屋を調べたい誘惑に駆られたが、警視はなんとかそれを押しとどめた。

ラウンジに顔を出してみたが、真藤父娘と、篠塚の姿しかない。二階へ上がって、沢渡の部屋を訪ねたが、やはり返事はなかった。板張りのホールにも人影はない。兄弟でどこへ姿を消したのだろうか。『月蝕荘』の外を歩いてみる必要がありそうだった。

その前に、武宮俊作を当たってみることにした。

二〇五号室のドアをノックすると、武宮がおそるおそる顔をのぞかせた。警視を見ると、ドアを開けようとする手の動きが、途中で止まった。三十度ぐらい開いた隙間から、彼が言った。

「なにかご用ですか」

「いえ、ちょっとお話がうかがえるかと思いまして」

武宮は困ったような顔をした。目が充血していた。ドアノブを握る手は、微動する気配もない。

「どうしても必要なことですか」

「事情が事情ですからねえ」

「でもさっきラウンジで答えた、あれで十分じゃないんですか」

「ああいう大ざっぱなものでなくて、もう少し立ち入った質問に答えてほしいんです」

「立ち入った質問？」

「他の方がいると、答えにくいこともあるでしょう――中に入ってもかまいませんね」

武宮に断わる隙を与えず、警視は強引に部屋に入った。武宮は、しぶしぶ後に引いた。煙草の脂のにおいが鼻につく。

「すわらせてもらいますよ」ふいに思いついて、警視は言った。「煙草を吸ってもかまいませんか」

「どうぞ」

武宮はベッドの上にあった灰皿を、乱暴にテーブルに置いた。マールボロの吸殻が、何本もひしゃげている。

「一本、いただけませんか。自分のを、部屋に置き忘れてきたらしい」

武宮はため息をつくと、箱ごとマールボロを投げてよこした。

「全部さしあげますよ」妙にざらざらした口調だった。

警視は礼を言って、一本だけ口にくわえ、武宮のマッチで火をつけた。マールボロの箱の端をつまんで、ポケットに落とす。使い古された手だ。

時間をかけて煙を吐き出すと、武宮がもどかしげに言った。

「法月さん、いいかげんにしてください。一体なにを訊きに来たんですか」

「あなたが隠していることですよ」単刀直入に尋ねた。「ラヴェンダー色のインクで書いた脅迫状を受け取ったでしょう。真棹さんにどんな弱みを握られていたんですか」

武宮の顔色が変った。彼は動揺を隠すために、笑い声を上げようとした。なにもしない方がましであった。だしぬけに真剣な声にもどって言った。

「なにをおっしゃってるんですか。僕にはなんのことだか、さっぱりわからない」

「しらばくれようとしても、無駄です、武宮さん。さっきも言ったでしょう、われわれは皆同じ立場にあると。あなただって、こんな時期はずれに、井賀沼に来るほど、ひまな体ではないはずだ。どうしても招待を断われない理由があったから、ここにいるんでしょう」

「じょ、冗談じゃない。だいいちあんたになんの権利があるっていうんだ。僕はなにひとつ答える義務はないぞ」

「確かにあなたはなにひとつ答える義務はない。だが現に、ひとりの人間が殺されたという事実があるんだ。あなたには彼女を殺す動機があった。あったと私は考えている。しかし今のところ、あなたが彼女を殺したと考えているわけではない。現時点では、まだ単なる可能性の問題だ。あなたが自分の秘密を守ろうとするのは当然だが、その態度があまりにも度を越している場合には、そうせざるを得ないだけの重大な理由があると考えるだろう」

「脅しには乗らない」武宮はやっと言った。「あんたの言ってることはめちゃくちゃだ。それにあの女は殺されたんじゃない。自殺したんだ。あんたの出る幕なんかない」

「いつまでそうやってがんばれるか」

警視は煙草の吸いさしを灰皿でもみつぶした。立ち上がりながら言った。

「姿をくらまそうなんて思わない方がいい。それだけでよけいな疑いを招くことになる」

「僕には後ろめたいことなんてない」

警視は武宮に背を向けた。部屋を出るとき、ほんの一瞬だが、武宮が背後から襲いかかってくるのではないか、という気がした。幸いその心配は、杞憂に終わった。

廊下でひとりになると、自分のタフな警官ぶりがまだ板についていることに気づいて、彼は少し誇らしい気分をおぼえた。しかもポケットの中のマールボロには、武宮の指紋がある。汚い手口をあえて使ったのは、武宮がなんらかの犯罪に関与していることが明らかに思われたからだった。初対面から目を合わせようとしなかったことが、警視の第六感に引っかかっていたのだ。

ちょうどその時である。

「法月さーん」

階下から、峰裕子の声が聞こえた。警視は返事をして、ロビーへ降りていった。

「お電話です」裕子が受話器を差し出した。「息子さんから」

「たびたび、すみません」

裕子は手を振ると、ラウンジへ消えた。警視は、受話器を耳に当てた。

「俺だ。今、どこにいる？」

「あいにくですけど、家からです」

「なんだ。まだゴタクタは片付かんのか」

「そんな言い方しなくったっていいでしょう。せっかく中山美和子の素姓を教えてあげようと思ったのにな」

「本当か。もったいぶらずに、早く言ってくれ」

「別にもったいぶったおぼえは、ありませんけどね。電話代がもったいないから、手短かに言います。さっきの電話の後、業界通の友人に頼んで調べてもらったんですが、〈マーキュリー企画〉に中山美和子というモデルは存在しないということです」

「やはり身分を偽っていたのか」

「そう早合点しないで。そういう名前のモデルはいませんでしたが、畠中有里奈(はたなかゆりな)というアイドル歌手が所属していることがわかりました」

「ゆりな、だって」

「ええ。畠中有里奈、十七歳。本名、中山美和子。神奈川県出身。デビューは今年で、ファースト・シングルが『ときめき♡(ハート)Ｌａｎｄ』。スリーサイズは未公表。最近、志村けんの番組に準レギュラーで出演しているため、低年齢層に人気が出ています。ニックネームは——」

「『ゆりりん』というのだろう。なんと、あれで十七歳なのか」

「なんですって?」

「いや、それでわかった。まちがいない、俺が知りたかったのは、その女だ。でかしたぞ、綸太郎」

「ということは、畠中有里奈が、井賀沼にいるんですか」

「そうだ」

「わかりました、お父さん。こうなったら、小説なんて放り出して、大至急井賀沼に飛んでいくぞ——ああ、ちくしょう」

「どうした」

「あのチャイムはきっと編集だ。どうしよう。むーん、とにかくできるだけ急いでそっちに行きますから、とりあえず、ここは失礼——」

唐突に電話が切れた。

「なんだ、あいつは」警視はひとりごちて、受話器を戻した。

女性アイドルにとって、スキャンダルはタレント生命の終りを意味する。畠中有里奈こと中山美和子が、『月蝕荘』から姿をくらましたのは、自分の正体を知られることを恐れたからにちがいない。

なんにせよ、十七歳の女の子には、重すぎる試練である。早く彼女の行方が明らかになればよいが、と警視は思った。

気を取り直して、予定通り、沢渡兄弟を捜しに出ることにした。

ロビーから表に出ると、ちょうど雲間から、傾きかけた太陽が顔をのぞかせたところだった。融けかけて半透明になった雪が、淡い光を反射する。警視は深呼吸をくりかえし、建物の西側に回った。

日陰の雪は青白い。その上に二組の足跡が続いていた。警視はその跡をたどって、雪をかぶった灌木のあいだを抜けていく。道は少しずつ下りになって、足に伝わる感触も岩がちに変わっていった。

水音がふいに大きくなって、目の前に黒い帯が現われた。幅二メートルほどの小川が、雪のヴェールの間を、白いしぶきをあげながら流れている。川べりの、比較的大きな岩に足をかけた影がひとつ。そして彼から一歩離れた場所で、ジーンズのポケットに両手をつっこんで立ちつくしているもうひとりの姿。

警視の足音を聞きつけて、ジーンズの方がふりかえった。沢渡恭平だった。彼が兄の袖(そで)を引っぱった。

「おや、法月さん」こちらを見やって、沢渡冬規が言った。

「なにか兄弟でご相談ですか」

「あなたに聞かせることではありません。なにかご用ですか」

「恭平君に訊きたいことがあって」

「なんでしょう」恭平はつっけんどんに言った。

「今朝のことで、少し聞き漏らしたことがあります」

肩を落として、ため息をついた。足下の雪を、スニーカーで何度も踏みつけた後、やっと顔を上げた。

「どうぞ」

「今朝、私の部屋に来た時、真棹さんは心臓が悪いと言いましたね。そのことをだれからお聞きになったのですか」

「――兄からですよ。前にちらっと聞いたことがあったんです」

「そう、僕が話したんです。それがなにか？」

「いえ」警視は咳払いをした。「――他の人ではなく、私を呼びに来られたのはなぜだったのですか。まるでああなっていることを予測していたかのような人選じゃないですか」

「よしてください。そういうつもりで法月さんのところへ行ったわけではありません。あなたがいちばん頼りになりそうだと思ったからで、虫の知らせがしたとしか、言いようがありません」

「そうですか。ところで今朝の電話ですが、どれぐらいのあいだ鳴り続けていたか、見当がつきませんか」

「さあ」恭平は首をひねった。「僕が目を覚ましてから、十分以上鳴りっぱなしだったことは確かです。でも、いつから鳴り始めていたかわかりませんからね」

「あの電話のことが、どうも引っかかっているんですがね。私たちが行くまでベルはしつこく鳴り続けていました。ところが、私が受話器を取った瞬間に、電話は切れてしまったんです。そもそも普通、あんな早朝に電話などしないものです」

警視はさりげなく、質問の相手を変えた。

「作為的な感じがしませんか、沢渡さん？」

「どういう意味です」沢渡冬規は、思わず身を乗り出した。

「あれは私たちに真棹さんの死体を発見させるために、だれかが離れの電話を鳴らしていたんじゃないかと思うんですが」

「馬鹿ばかしい」沢渡は、警視の説を一笑に付した。「だれがそんな手の込んだことをするものですか。息子さんの小説じゃあるまいし。きっとなにかの偶然でしょう。あなたが無理やり、真棹さんの死を殺人にでっち上げようとしているだけです」

「ところがどっこい、もう事件は、私のひとりよがりではなくなりましたよ。昨夜の午前一時、被害者がこっそり、だれかを離れに呼び出したことが明らかになりました。恐らくその人物が、殺人犯です」

「面白いことをおっしゃる。するとその殺人犯の背中には、羽根でもついていたということになりますな」

「その件に関しては、ご心配なく」警視は気後れすることなく言った。「不可能犯罪の専門家を呼びましたからね、まもなく、真犯人の背中から羽根をもぎ取ってやりますよ」

「無駄でしょうな」

警視はかぶりを振った。沢渡が首をひねって、渓流の方に注意を向けた。白い、こぶしほどの大きさの野鳥が、水面に降りて、ふたたび飛びたった。沢渡はその飛び去っていく姿を、黙って見送った。

「法月さん」恭平がふいに言った。

その声はあまりに弱々しく、川のせせらぎの音で半分かき消されていた。

「なんです」

「昨夜、風呂場でお訊きした時は、知らないとおっしゃいましたね」

「──結婚のこと、ですか」

恭平はうなずいた。警視は先回りして、言った。

「そう、あれは嘘です。私は知っていた」

「義父から聞いたのですか」

「ええ。しかしどうして今、それを？」

「兄から聞きました。彼から電話があったそうですね」

警視は沢渡の方に目をやった。こちらの会話には、興味がないふりを装っている。だが警視は、沢渡冬規の耳を強く意識しながら、言った。

「彼とは意見が合いませんでしたよ。そう、君のことをずいぶん心配していたようだった」

「彼とはどういう関係なんです、法月さん？」

あまり答えたくない質問であった。

「篠塚さんに訊いてごらんなさい」と警視は言った。「彼はもう知っている」

恭平はうなずいてから、あらためて疑いを口にした。

「でも、あなたがここにいるのは、偶然ではないのでしょう」

仕方なく、警視は首をたてに振ってみせた。

「彼は、どこまで知っているんですか」

「すべて」と警視は言った。

恭平にとっては、相当厳しい宣告だったようだ。しかしある程度それを予期していたらしく、彼はなんとか持ちこたえた。そして藁にすがろうとする男のように目を見張って、警視に詰め寄った。

「彼は僕のことを心配していた、さっきそう言いましたね」

「ああ」

「では、彼は僕を見捨てるつもりはないということだ」恭平の顔が、ぱっと輝いた。「法月さん、あなたはやはり味方だったのですね。僕をバックアップするために、彼が手配した」

「およそそんなところです」と警視は認めた。今となっては隠しておいても意味がなかったからだが、むしろさっぱりと正体を明かして、身軽になりたいという気持ちの方が強かった。

「それならなぜ、僕の立場を危うくするような行動をとるんですか」

「彼女を殺した犯人を捜すことが、どうして君の立場を危うくする？　それとも君が、真棹さんを殺した犯人なのか」

「ちがいます」恭平は声を荒らげて否定した。

「では、どうして」

「法月さんが彼女の死の背景に探りを入れると、僕にとって都合の悪い事実が公になるおそれがあります。僕は今、スキャンダルに巻き込まれたくない立場にあるんです。自殺で処理してください。皆にとって、それが一番いい方法です」

「それはあくまでも君個人の問題だ。他のことならともかく、殺人事件の捜査を、個人的な利害で打ち切るわけにはいきません。今の言葉は、聞かなかったことにしてあげます」

「ちょっと待ってください」それまで知らん顔をしていたはずの沢渡が、いきなり警視をさえぎった。「法月さん、さっきから聞いていると、あなたはずいぶん立派なことをおっしゃっているが、そのわりに自分自身の行動は、少し道理をはずれているのではありませんか」

「どういう意味です、沢渡さん？」

「あなたはどうやら弟のフィアンセの父親の命を受けて、この『月蝕荘』にもぐり込んだらしい。その目的は、たぶん真棹に圧力をかけて、弟に対する恐喝行為をあきらめさせようとするものだったはずです。ところが、法月さん。あなたはその本来の使命には手をこまねいて、なんの成果も上げられなかったにもかかわらず、ひとたび真棹が死んだと見ると、手のひらを返したようにその責任をだれかに押しつけようと、よけいな世話を焼きはじめる。こういうのを本末転倒、というのではありませんか」

警視は、しばらく黙って沢渡の言葉を反芻（はんすう）していた。

やがて目を上げて言った。

「悔しいが、あなたの言う通りです」

沢渡が弟の肩を取って、『月蝕荘』の方へ歩きはじめた。二、三歩行きかけて、彼が足を止めた。こちらをふりむきもせずに、言葉だけを言い残した。

「でも捜査は続けるのでしょう？　真犯人を暴き出すまで」

「ええ」

ひとり残って、警視は兄弟の背中を見送った。

自分で自分に課したくさりほど重いくさりはない。

12

柴崎警部は、午後四時前に『月蝕荘』に戻ってきた。

警視の心配した通りのことが起こっていた。柴崎の態度は、まるで午前中とは別人のように、よそよそしいものに変わっていた。

「篠塚真棹の遺体を調べたところ、心臓肥大の傾向が認められました。心臓が悪かったという篠塚氏の言葉は、事実通りだったことになります。P証券の方ですが、今日は日曜で担当者と連絡がつきませんでした。でも株価の急落の話は本当です。自殺の動機としては、これで十分じゃないでしょうか」

「四十の坂を上りはじめたら、どこか悪いところも出てくるさ。俺だってドック入りしたら、体のあちこちにがたが来てると言われるだろうが、だからって死のうという気にはなるまい。株の件だって、そうだ。損をしたといっても、真棹にとっては、大した額ではなかったはずだ。そんなことじゃ、だれも納得しないだろう」

「納得しないのはあなただけですよ、警視」

「――やはりおいでなすったか」

「その言い方は、引っかかりますね」柴崎が急に語気を強めた。「まるでわれわれが上からの圧力に屈して、捜査を中断するみたいじゃありませんか」

「実際、そうなんだろう？」

柴崎は一瞬、浮かない横顔をのぞかせた。

「なにもなかったとは言いませんがね」

「それ見ろ」

「でもそれによって、われわれの方針が左右されたわけじゃありません。最初から言っているように、全ての状況が自殺を指しています。あなたは薄弱だというが、一応納得の行く動機もある。一方、自殺という結論をくつがえす積極的な証拠は、なにひとつない。あなたは権限もないのに、ただ難癖をつけているだけですよ」

「ずいぶん手厳しいな。しかし君がまだ知らないことがある。自殺をくつがえす証拠がないと言ったが、実はそれが見つかったんだ」

警視は、真藤から預かったメモを柴崎に見せた。

「――離れで一時にお待ちします、か。どこでこれを手に入れました?」

「香織ちゃんがどこかで拾ったらしい。場所まではわからないな。指紋の検出も無理だろう」

「もちろん筆跡は確認したんでしょうね」

「ああ、篠塚氏に確かめてもらった。このラヴェンダー色のインクは、被害者のトレードマークだったんだ。篠塚真棹は恐喝の仕上げをするために、泊まり客のだれかにこのメモを渡して、夜更けに離れに呼び出した。二人の交渉は長引いたが、けっきょく決裂し、強請られていた方が真棹を殺害した。不注意な犯人は、その前にメモを丸めて捨ててしまっていたんだ」

柴崎は腕を組んで、考えるふりをした。やがて眉を上げると、

「なかなかよくできた仮説ですが、残念ながら穴がある。このメッセージが今朝、見つかったからといって、昨夜書かれたものとは即断できません。もっと以前に、全く別の意図で書かれたものが、たまたま今日出てきたにすぎないかもしれない。これだ

けでは、なんの証拠にもなりませんよ」

「君のずるがしこさには感心するが、それこそ詭弁というものじゃないかね」

「詭弁というのは、周りを雪に囲まれた離れから、足跡ひとつ残さずに犯人が消え去ったというあなたの説にこそ、よりふさわしい言葉だと思いますが」

「口のへらん男だな。ところでその点について、ひとつ考えがあるんだが。離れと母屋のあいだに、ロープかワイヤーの類を張りわたし、それにぶら下がって『月蝕荘』に戻ってくるという方法はどうだろうか？」

　柴崎はあきれはてた様子で、

「法月警視、冗談もいいかげんにしてください。今時、推理小説の中でだってそんな馬鹿げたことをする奴はいませんよ。だいいちどうやって二十メートルもあるロープを用意したのですか。あらかじめ雪がやむ時間もわからないのに、前もって足跡を残さないための準備ができるわけがない。はなからナンセンスですよ」

　確かに柴崎の言う通りだった。雪が降りやむことが事前にわからない以上、計画的なトリックが使われたと考える余地はない。これまで警視は、特殊な道具を利用した機械的なトリックを、おぼろげに想像していたのだが、その可能性はほとんどあり得ないのであった。

「もうすぐ息子がこっちに来る」と警視は言った。「それまでこの問題はとりあえず棚上げにしておこう」

「その前に、すべて片付いてる方がいいですね」

警視はその言葉を聞き流して、ポケットからマールボロの箱をつまみ出し、柴崎の鼻先に突きつけた。柴崎は手を振りながら、言った。

「いや、結構。いま禁煙してるんです」

「そうじゃない。セロファンについた指紋を本庁に送って、コンピューターにかけてほしいんだ。どうも未検挙の犯罪にかかわってるような気がする」

「だれの指紋です？」

「武宮俊作」

「あのきざな歯医者ですね。わかりました。こっちは預かっておきましょう。メモの方は一応お返しします」

警視は肩をすくめた。

「中山美和子の足取りについて、新しい情報はないのか」

「まだなにも。交通機関には、すべて手配が行ってるはずなんですが」

「どこかで行き倒れてる可能性もあるな。実は、彼女の素姓がわかったんだ」

警視は畠中有里奈のことを説明した。

「――なにせ、まだ十七の子供だ。思いつめたら、なにをするかわからない。捜索隊を出すように手配してくれないか」

「はい」

柴崎は、いっしょに連れてきた部下に指示を与えて先に帰らせ、自分だけ『月蝕荘』に残った。彼はもう一度、一同をラウンジに集めた。

煙草の吸いすぎで目を血走らせ、昨夜のダンディーな面影もすっかり失せた武宮俊作。心なしか、額のしわが深くなったかの印象を受ける真藤老人。彼の腕の中で、ぬいぐるみのぐりもおをきつく抱きしめ、体を小さくしている香織。壁に寄りそうように立っている峰裕子の唇には血の気がない。感情を押し殺してしまったような沢渡兄弟の表情。そしてひとり超然とした態度で、アルコールの余韻に身をゆだねている篠塚国夫。

「その後の経過をお知らせします」柴崎は彼らを前に、口を開いた。「篠塚真棹さんの死は、前後の状況から見て、覚悟の自殺であるという結論に至りました。今後、新しい反証のないかぎり、一両日中にこの結論にそった処理が行なわれます。どなたか、異議のある方はいらっしゃいませんか？」

一同の緊張にみちた視線が、警視の上に集まった。警視は黙ったまま、ラウンジの天井を見つめた。

やがて安堵の息が部屋を満たすのを肌で感じた。いや、むしろ拍子抜けした気配という方が正確かもしれない。目を戻すと、真藤老人などは狐につままれたような顔をしていたし、恭平にいたっては、不審がる表情すら浮かべていた。そんな中でいちばん喜んでいるのは武宮である。

まあ、今に見ていろ。ひそかに警視はそうつぶやいた。その唇の動きを、沢渡冬規に読まれたような気がした。彼がこちらに向かって、首を振ったように見えたが、思いすごしだったかもしれない。

「中山さんの行方はわかったんですか」と峰裕子が尋ねた。

「まだです」

「不慣れな土地で、道に迷った可能性もある」沢渡は喉をつまらせたような声で言った。「日が暮れても行方がわからなければ、捜索隊を出した方がいい」

「もう手配はしました」

「そうですか。もし手が足りなければ、僕たちも手伝います」

「ありがとう。彼女の素姓を明かしましたか、警視」

「いや。君から言ってくれ」

柴崎に説明をまかせて、警視は席を立った。

食堂に行って、コップに水をくみ、一息に飲んだ。これから自分が打つべき最善の手を考えたが、よいアイディアは浮かばない。このままではなしくずし的に向こうのペースにはめられてしまう。なんとか綸太郎が来るまで、時間をかせぐ方法があればよいのだが——。

ラウンジに戻ると、柴崎が篠塚にこれからの段取りを説明しているところだった。篠塚は、一応うなずいてはいるものの、ちゃんと聞いているようには見えない。真藤がこちらにやってきて、話しかけようとしたが、警視は後にしてくれと言って断わった。真藤は肩をすくめ、元の席に退いた。柴崎は、いくら念を押しても、相手がさっぱり要領を得ないので、面倒くさくなったらしい。途中で話をはしょってしまった。

そこを見はからって、恭平が柴崎に尋ねた。

「明日は平常通りに仕事があるので、これから帰京してもかまいませんか」

柴崎はちょっと考えて、ＯＫした。

「あとの方は、どうなさいますか。武宮さんと、真藤さん？」

「私は予定通り、残ります」妙に気負った口調で、武宮が答えた。

「私どももそうします」真藤が遠慮深く、言い添えた。「こちらのご迷惑にならなければ」

「迷惑だなんて――」

沢渡が言いかけたところで、ロビーの電話が鳴った。

「きっと署からでしょう。私が出ます」

そう言って、柴崎が立ち上がり、ロビーへ出ていった。それで少し緊張がゆるんだのだろう、ラウンジに比較的おだやかな沈黙が訪れた。と、思う間もなく、柴崎はすぐに戻ってきた。彼が言った。

「法月警視、あなたにです」

その声がひどく堅くなっていることが気にさわった。

「だれから？」

柴崎は声を出さずに、あごをしゃくった。

ロビーに出て受話器を取ると、いちばん聞きたくない男の声が耳に響いた。

「どうだ、そっちの調子は？」

「あなたの思惑どおりに運んでますよ」うわべだけいんぎんな口調で、「ずいぶん素速い行動でしたね」

「そうほめられると、まんざらでもない。これでもかなり苦労したんだ。日曜日で、連絡の取れないところがあって。井賀沼署の警部はどんな男だ」

「頭の切れる、優秀な刑事ですよ。ただ警官として、致命的な欠陥がありますが」

「それはどうかな。致命的な欠陥を持つのは、むしろ君の方じゃないか？」

「それは、上に立つ者次第じゃありませんか」

「君のそういう言動に、反感を持つ連中が多いんだ。いつまでたっても、君が昇進できないのは、そのせいだよ」

「よしましょう。これ以上、不毛な議論をかさねても、時間の無駄です」

「確かに君の言う通りだ。ところで、彼はどうしてる、恭平君は？」

「自殺と決まって、ひと安心という顔をしていますよ」

「ほう。これはオフレコで訊くんだが、彼がやったという可能性は、どれぐらいあるんだね」

「二十五パーセント」

「その数字の根拠は？」

「強請られていた者が、私を除いて四人。頭割りです」

「なかなか合理的な推理だ」

「あなたはそれで平気なんですか」

「平気だ。私は彼のことを信じておる。信じているからこそ、例の死んだ娘のことだって水に流したんじゃないか。だいいち彼は人殺しのできるような人間じゃない。私はよくわかってるんだ」

「しかしお嬢さんに対して、恥ずかしくはないのですか」

「どうしてだね。早苗は恭平君のことを心から愛している。父親の私が、彼を守ってやることをなぜ恥じなければならん」

「――あなたは卑劣漢だ」

「われわれの世界で、その言葉は勝者と同義語だ。君も意外と頼りないな。もっとねばり強い男だと思ったが」

「まだ手を引くとは言ってない」

「同じことだ。どっちみち、勝負はついてる」

「なぜ私を選んだ？」

「――君が身内だから、礼子の夫だったからだよ。だが失敗だったな、君を選んだのは。法月君、君は私の期待を完全に裏切った。もっと利口にふるまえる男だと思っていたが、残念だ」

「それが答か」

「そう。まあ、せいぜい残った休暇を楽しみたまえ。それから沢渡冬規君に、私からよろしくと伝えてくれ」

今度は、向こうから切れた。

受話器を握りしめて、立ちつくしていた。自分をこの茶番に巻きこんだ男に対する怒りで、頭の中がいっぱいだった。

奴の思い通りにはさせない。なんとしても、真犯人のしっぽをつかんでやる。だがそのためには、綸太郎の存在が不可欠なのだ。雪に囲まれた離れの密室トリックを解き明かさなければ、手も足も出せない。綸太郎が来るまで、持ちこたえなければならない。自殺であるという結論をくつがえせなくてもいい、なんとか時間をかせぐ方法さえ見つければ——。

全く突然に、起死回生の妙手がひらめいた。

警視は、ラウンジに取って返した。

「柴崎警部、話がある」皆の前で、警視は言った。「篠塚真棹は自殺したのではない、殺されたのだ」

「どうかしたんですか、警視。あれほど念を押したのに――」

「今さら、なにを言っても無駄だぞ。私があの女を殺したんだ。私がこの手で殺したんだ。もうこれ以上は、なにも言わん。さっさと私を逮捕するんだ」

13

井賀沼に、夜が訪れようとしていた。

中山美和子の行方は、いまだに杳として知れなかった。井賀沼駅周辺で、彼女の姿を見たという者はいなかったし、付近のバス、タクシーの類で、若い女性客を乗せたという報告も皆無であった。

東京の〈マーキュリー企画〉に問い合わせても、はかばかしい答は返ってこなかった。昨夜、マネージャーの家に電話を入れた後、連絡はないということだった。その電話の内容については、ノー・コメント、の返事である。

横浜の実家にも、連絡は入っていないことがわかった。彼女の行方を知る手がかりは、全くないに等しかった。

午後六時。井賀沼署の一室に、町のおもだった面々が顔をそろえていた。急ごしらえの捜索隊指令本部である。シーズン・オフで活気を失っていた町が、都会から来たアイドル・タレントの突然の失踪という事件で、すっかり色めき立っていた。

柴崎警部が、いらだった口調で一同に言い放った。

「彼女は車を使えなかった。女の足では、そんなに遠くへは行けないと思う。もっと捜索区域を狭めるべきだ」

「だが姿を消してから、すでに十時間以上すぎている」

と観光協会の会長が反論する。

「しかも今のところ、捜索隊からはなにひとつ有力な情報は入っていない。隣接の町村にも応援を頼まないと、らちがあかないんじゃないかね」

青年団の団長が、地図を指しながら言った。

「『月蝕荘』から西の林を抜ければ、三キロ足らずで国道に出ます。そこからヒッチハイクした可能性はありませんか」

「それはない」と柴崎。「彼女は井賀沼に、全く土地鑑がないということを忘れんように」

「でもいきあたりばったりに、西に向かったとしても――」

「机をトントンやるのはやめてくれ」

「すみません、警部」

「——知らない土地だ」消防署長が言った。「いくらなんでも来た道を戻るだろう。駅の方角を重点的に探すべきだと思う」

法月警視は、その意見に首を振った。

「いや、駅から『月蝕荘』まで彼女は車で来ている。しかもその時はもう日が暮れていた。駅までの道筋をおぼえてはいないだろう。私もいっしょだったが、道はよくわからなかった。それに事務所の話では、彼女はかなりの方向音痴だったらしい」

「最悪だ」柴崎はため息をついた。「なにか行く先の手がかりはないのか」

だれも答える者はなかった。ため息が連鎖反応のように、室内に広がり、その後に沈黙が訪れた。

沈黙を破ったのは、沢渡冬規だった。

「こうして議論していても、仕方がありません。ここにいる人数だって、もったいないぐらいです。私たちも表に出て、手分けして彼女を捜しましょう」

「それもそうだ」柴崎がうなずいた。「連絡係だけ残して、捜索に加わろう。各自分担を決めて、まだ手薄な方面に散らばることにする。いいですね」

彼は部屋にいる人々を四つの班に分け、それぞれ『月蝕荘』を中心に東西南北のエリアを担当させた。各班は、すでに捜索を始めている先発隊と連携を取り合って、井賀沼全域をくまなくカバーすることになった。

警視は、武宮とともに、沢渡をリーダーとするチームに入った。彼らの他に、田村という地元の高校生を加えた四人編成で、西部方面の担当である。

四人は、いったん『月蝕荘』に寄ってから、国道沿いの林の中を重点的に捜すことにした。井賀沼での自殺者の六十パーセントが、その付近で発見されることを、沢渡が重く見たからだった。

準備を整え、四人が出かけようとした時には、時計の針はもう六時半を指していた。恭平のプレリュードは、すでに東京への帰途についていた。真藤父娘と峰裕子、そして篠塚に見送られて、一行は『月蝕荘』を後にした。昨夜ほどには、冷えこみそうにない天候だけが救いだった。

四人は徒歩で、七百メートルほど離れたブナ林へ向かった。このコースは春から夏にかけてのハイキング・コースとして親しまれている道で、夜とはいえ、さほど歩くのに苦労はない。それでも警視は何度か融けのこった雪に足を取られて、転びそうになった。

「雪が乱れた様子がないですよ」武宮が、先頭を行く沢渡に声をかけた。「彼女はこっちには来てないんじゃないですか?」

「でも西の林に行くには、この道が最短コースです。中山さんは、迂回(うかい)するちがうコースを通った可能性もある。いずれにしろ、途中で合流します。せっかくですから、もう少し先まで進んでみましょう」

「わかりました」

ハンディ・ライトで足下を照らしながら歩いていく。遊歩道は渓流と並走しているらしく、道を曲がるたびに流れ落ちる山水の音が、近くなったり遠くなったりした。生き残った秋の虫たちが、雪をかぶった下生えの陰で、最後の鳴き声をりりしく響かせている。

「こんな時でなく、このコースを歩かれたら、井賀沼のよさがよくわかってもらえるんですがね」沢渡は、そんなことを言っている。決してのん気なのではなく、山道に慣れない二人を元気づけようとしているのだった。

警視はちょうど昨日の今ごろ、駅から『月蝕荘』に来る途中、篠塚から同じことを聞かされたのを思い出していた。まだあれからやっと二十四時間しかたっていないのである。事態のあわただしい推移に、あらためて驚きを感じないではいられなかった。

十五分も歩いただろうか。遊歩道はいつの間にか、下生えの中に消えてしまっていた。雪の跡もまばらである。高さ二十メートルばかりのブナの原生林が、ぐるりを取り囲んでいるため、見通しがきかない。

沢渡が隊を止めて、指示を与えた。

「ここで二手に分かれましょう。武宮さんは、田村君といっしょに南側を捜してください。特に危険はないと思いますが、足下にだけは注意するように。なにかあったら、大声で呼ぶんだよ、田村君」

「はい」

スタジアム・ジャンパーの少年は、威勢のよい返事をした。

「それから法月さん、あなたは僕についてきてください。おもに林の北半分を歩きます」

「わかりました」

「じゃあ、皆さん。がんばって、彼女を見つけ出しましょう」

沢渡のかけ声を合図に、四人は二方向に分かれた。

警視はハンディ・ライトをせわしなく動かしながら、林のなかをジグザグに歩いた。沢渡のライトは、ゆっくりと、しかし的確に木々の間を明るみに出していく。初めは自己流の動き方をしていた警視も、やがて沢渡の真似をするようになっていた。

「それにしても、さっきのあなたには、驚きましたよ」

あいだに何本かのブナをはさんで、沢渡がこちらに声をかけてきた。

「なにがです」とぼけて、警視は尋ねた。

「真棹を殺した、逮捕してくれというやつですよ。とんでもないことをする方ですね、あなたも」

「ああするより他に、打つ手がなかったものでしてね。それに、あなたがよけいなことさえ言わなければ、十分効果があったはずだった」

「そうはいきません。揺るぎないアリバイを持つ人が、犯人であるわけがない。それぐらいのことは、僕がわざわざ口にしなくても、皆よくわかっていたはずです。無実の人に、殺人の汚名を着せることはできませんから」

沢渡の言葉に、あからさまな余裕の響きさえ感じて、警視は全身がほてるような気分を味わった。

ラウンジでの電撃的な自白による攪乱(かくらん)作戦は、結局、沢渡が冷静に午前二時までの警視のアリバイを再確認したために、なんら効果を上げることなく、柴崎によって、たちどころに却下されたのだった。この失敗で、警視は完全に面目を失い、かえって身動きが取りにくくなってしまった。

あの男との電話の後で、頭にかっと血が上っていたせいかもしれないが、考えのないことをしたものである。しかもよりによって、沢渡冬規の供述によって、自らのアリバイを逆に証明されてしまうとは。警視は内心ただならぬ思いで、ライトを振り回した。

その時ふたりの前方、十五メートルぐらいのところを、なにかが音をたてて、横切っていった。

「今のは、なんです」光線の先を見きわめようと苦労しながら、警視はななめ前を行く沢渡に訊いた。

「イタチか、兎でしょう」

落ち着いた声で、沢渡が言った。

警視は肩をすくめた。

ふいにひとつ思いついたことがある。沢渡のアリバイに関することだ。

離れの寝室にあったデジタル時計は、午前二時七分で止まっていた。あれが単なるアリバイ工作を意図していたものだったとすれば、雪の密室は謎でもなんでもなくなる。何時間か前に、沢渡のアリバイについて、その可能性を考えた。

しかし、彼は即座にその仮説を捨てた。

あの時間に俺が沢渡の部屋を訪れたのは、俺自身の気まぐれだった。したがって、彼がそれを前もって予期できない以上、事前に偽装工作をなし得たはずがない——と考えたからである。

だが本当にそう断言できるのだろうか。正直な話、自分が本当に自由意思によって沢渡の部屋を訪れた、と言いきれるか？

この疑いは、それほど荒唐無稽なものではない。現に沢渡冬規の意識改革理論の出発点は、人間の自由意思という前提を疑ってかかることではないか。そこまで飛躍しなくても、催眠術というものだってある。眠っている間に部屋に忍び込み、午前二時前に彼の部屋に行くように、と後催眠暗示をかけたかもしれない。あの水音が、なにかの合図になっていたとも考えられる。

この男になら、それぐらいの技はたやすいのではないか。警視はそう思わずにはいられなかった。不確定な要素が多すぎるものの、この仮説にのっとれば、密室の謎も一応は氷解する。

警視は足を止めた。いや、もっと自然な考え方がある。発想を逆転させるのだ。

そもそも沢渡は別の方法で、午前二時にアリバイを作るつもりだったのではないか。たまたまその直前に、警視が彼の部屋を訪れたとすれば？　沢渡は驚いたにちがいないが、逆にそれを思いがけない僥倖として利用できることに気づいたはずだ。予定していた計画を捨て、警視を二時まで部屋に引き留める。たったそれだけで、全く作為を感じさせない完全なアリバイが生じる。

「――沢渡さん」

その新しい考えを、直接本人にぶつけてみようと、彼を呼び止めた時だった。

「沢渡さーん」かなり離れた林の奥の方から、田村少年が大声で叫んでいる声が耳に届いた。

二人は駆け寄って、顔を見合わせた。

「見つかったんでしょうか」

「かもしれない」沢渡は両手を口に当ててどなった。「田村君、今からそっちへ行くから、じっとしてるんだ」

二人は声のした方に向かって、走った。

「おーい」田村少年は、位置を知らせるため、声を上げ続けている。だがいっしょにいるはずの武宮の声はまったく聞こえない。

「武宮さんになにかあったのかも――」

沢渡が、ふりかえりざまに言った。警視は首を振った。もっと別の考えが頭にあった。昼間にかけた圧力が、やっと効力を発したらしい。

少年は、ハンディ・ライトを回して、合図をしている。案の定、武宮の姿はない。

沢渡が一足先んじて、田村に尋ねた。

「一体どうしたんだ？」

「武宮さんが、急にいなくなってしまったんです」

「やはり――」追いついた警視がつぶやくと、沢渡はけわしい表情でこちらを見つめた。

二人して事情を訊くと、武宮は効率が悪いからと言いはって、田村少年の道案内を断わり、別行動をとったという。それでもしばらくはあまり離れずに、美和子の手がかりを探していたが、いつの間にか、武宮の気配が消えていた。名前を呼んでみたが、返事がない。どうも様子がおかしいので、沢渡に助けを求めたということだった。

「彼が姿を消したと気づいてから、どれぐらいたっている？」と警視は質問した。

「十分ぐらい」

「どっちの方向へ行ったか、見当はつかないかい？」

「別れた時は、さっき来た道を戻ろうとしてたみたいです」

「最初から、計画してたんだ」と沢渡に言った。「たぶんお宅へ、とんぼ返りでしょう。いま『月蝕荘』は手薄になってますからね、なにか狙っているものがあるのでしょう」

「でもなぜ、今になって」

「まだ事件は片付いていない、ということですよ」

沢渡が唇をぎゅっと咬んだ。

「どうします？」

「私が後を追います」警視はすかさず答えた。「あなたは彼といっしょに中山さんの捜索を続けてください」

「しかし――」沢渡がためらいをみせた。

「私なら大丈夫、危険はありません。今は彼女の無事を確かめることが最優先です。後はあなたにお任せします」

「わかりました」やっと沢渡は承知した。「じゃあ行くぞ、田村君。僕らだけでがんばるしかない」

警視は単身、今きた道を逆にたどり始めた。

ほとんど走りづめだったが、『月蝕荘』に戻るまでに、武宮に迫いつくことはできなかった。暗い山道とはいえ、ただ走ることがこんなにきつくなっていたとは。この老いぼれの肉体め。息を切らしながら、足腰の衰えを痛切に感じていた。しかし帰り着くと同時に、彼の居所をとらえた。警視の目は、ハンディ・ライトの光が真っ暗な離れの窓から洩れているのを見逃さなかったのだ。

自分のライトの明りを落とし、息を整えて、忍び足で離れに近づいた。入口のドアから、音もなく中にもぐり込んだ。

屋内は、物の形もわからないほどに暗かった。

警視は廊下の壁にぴったりと身を寄せ、じっと息を詰めて気配を絶った。耳に神経を集中する。右手の方向で、みしっと床板のきしむ音がした。さっき光が洩れたのも、リビングの窓だった。武宮はリビングにいる。

警視は次の行動を選択しなければならなかった。武宮がなにかを探すために、この離れに忍び込んだのは明らかだった。そのなにかとは、恐らく強請りのネタとなる証拠の品だろう。とすれば、今すぐリビングに踏み込んで、空手の武宮をとらえるより、彼が目的を果たしたところで、その証拠をさらってしまう方が気が利いている。

警視はそう判断し、自分は奥の寝室に先回りして待機することにした。寝室のドアを目指して、手探りで廊下を進み始めた。

しかし警視の判断はまちがっていた。

最大のミスは、武宮がまだリビングの中にとどまっていると考えたことだった。武宮はその時すでに廊下の、警視から目と鼻の先の地点に立っていたのだ。そして伸ばした手の先が、そこに存在するはずのないものに触れた時、警視は自分の誤りを知った。

リビングのドアは、すでに開かれていた——廊下に対して直角の角度で。武宮はそのドアの後ろに立っていた。暗闇が警視の五感を狂わせ、廊下をさえぎる障壁を覆い隠していたのだ。

だが、そのことに気づいた時には、もうすべてが手遅れであった。

ドアがすっと向こうへ退き、そこからはみ出した武宮俊作の腕が、ハンディ・ライトの重い衝撃を警視の脳天にたたき落とした。

警視は、今いるところよりもっと暗い闇の底へ沈んでいく自分を意識した。それが最後におぼえていることだった。

14

水泳選手のような体格を、仕立てのよいダーク・グレイのスーツに包んだ秘書が、黒檀のドアの前まで、警視を案内した。

「どうぞ」

警視は言われるままに、中に歩み入った。秘書はドアの後ろに姿を消した。

分厚いレンズを通して見たような、だだっぴろいわりに、天井の低い部屋だった。執務デスクと椅子のほかには、なにもない空間である。

部屋のあるじは、こちらに背を向けて、壁いっぱいに切られたガラス窓ごしに、スモッグにけむる新宿の超高層ビル群をながめていた。警察庁出身のベテラン代議士。彼の名が永田町と内務官僚におよぼす影響力の大きさを思うと、その小柄な後ろ姿は全くふつりあいな印象を受ける。

「かけたまえ、法月君」と彼が言った。

警視は、来客用の椅子に腰を下ろした。ビロード張りの立派な椅子だったが、総体的なすわりごこちの点では、歯医者の診察台と大差がなかった。プライヴェートな面会であることを強調するために、警視は煙草を取り出して、火をつけようとした。

「煙草は遠慮してくれ」彼がこちらを向いた。「副流煙には、ジメチルニトロソアミンなどの発がん物質が含まれているのだ」

警視は煙草をポケットに戻し、口を開いた。

「一体どういう風の吹きまわしです？　あなたとは、もう縁が切れたと思っていたのですが」

相手は顔をしかめるようにして、笑顔をつくった。昔から、気に入らない質問を無視するときの癖だった。彼が言った。

「娘の早苗が、結婚することになった。来年の二月に、式を挙げる」

「それはおめでとうございます」警視はおざなりに言った。

「ありがとう。相手は＊＊省の官房三課にいる男だ。まだ入省して間がないが、将来を嘱望されている。八十＊年組の中でも、トップ・クラスだろう。沢渡恭平というんだが、その名前に心当たりはないかね」

「——同じ姓で、突然ドロップ・アウトした天才がいましたね。沢渡冬規、彼に弟がいるという話を聞いたことがあります」

「その通り、沢渡冬規の弟だ。あの血統はいい。兄弟そろって、大物の器がある」

「——そうか」

「今、そうかと言ったな。なにがそうなんだ？」

「私は官界のゴシップにはくわしい方ではありませんがね、それでも最近、沢渡冬規をもう一度、第一線に呼び戻そうとする動きがあることぐらいは、知っています。どうやらその仕掛人は、あなたのようですね」

彼はまるでほめられたかのように、笑ってうなずいた。

「現段階で内容は明かせないんだが、行政システムの刷新を根幹に据えた、首都改造プロジェクトを構想中なんだ。首都という概念そのものをひっくり返すような画期的な計画だよ。そのスタッフに、ぜひ彼を迎えたい。彼のようにスケールの大きなヴィジョンを持ち、かつ緻密な思考に耐える頭脳を、われわれは必要としているのだ」

「しかし沢渡冬規という男は、もはや完全な世捨人だと聞いています。たとえ弟があなたのお嬢さんと結婚したからといって、彼がすぐにあなたの言うことに従うようになるとは、とても思えませんね」

「そんなことはない。君は身内意識の欠落した男だからわかるまいが、姻戚関係というのは、コミュニケーションの形成において、馬鹿にならん力を持つ。義理の息子の兄だぞ、法月君。それは、広義の息子ということにならんかね？　つまり私は沢渡冬規の人生に対して、責任を持つ義務があるということだよ。身内の者は、お互いに助け合っていかねばならないからな」

「それでは、お嬢さんがかわいそうです。あなたの狙いは初めから沢渡冬規であって、その弟は足がかりにすぎない。お嬢さんは、その足がかりを手に入れるための捨て駒ですか？　旧態依然たる政略結婚ですよ」

「よしてくれ」憤然とした態度で言った。「確かに恭平君を娘とひきあわせたのは、この私だ。しかし早苗は本気で彼に惚れている。結婚すると言い出したのだって、娘の方だ。恭平君も、娘が気に入っている。双方が愛し合っているんだ。とやかく言われる筋合いはない。それに彼は成長株だぞ。もちろん、兄ほどのひらめきはない。そのかわり弟の方には、世俗的な野心がある。自分が欲しいと思ったものは、必ず手に入れる男だ。そういう面では、兄以上の逸材かもしれん。だから将来が楽しみなんだ。ひとり娘の婿として、理想的な男だよ」

警視は肩をすくめた。

「そんなにおっしゃるなら、それでいいのでしょう。どっちみち、私にはなんの関わりもないことです。早く本題に入ってください。一体なんの用で私を呼んだのか、と訊いているのです。まさかお嬢さんの仲人を私に頼もうというのではないでしょうね？」

彼はまた顔をしかめるように笑って、話題を変えた。

「『陽のあたる場所』という映画を観たことがあるかね？」

「モンゴメリー・クリフト。レイモンド・バーの地方検事。それにリズ・テイラー」

警視は間髪を入れずに答えてやった。

「くわしいな。なにか思い入れでもあるのか」

「婚約時代に、礼子といっしょに観に行った映画です。名画座で、なにかほかの映画と三本立てでした。あの頃の私にとって、モンゴメリー・クリフトの青年は他人ではなかった」

警視は今でも、その映画の筋をおぼえていた。資産家の伯父のコネで大会社に入社した田舎出の孤独な青年が、上流名門の美しい娘と恋に落ち、陽のあたる場所を夢みるようになる。しかし彼女と知り合う前に関係を持った女工員が妊娠し、結婚を迫られたことから、夢と現実の板ばさみとなり、ついに殺意を抱いてじゃまな女を湖上のボート遊びに誘いだす。女工はボートの転覆事故によって溺死するが、男はそれを助けずに逃亡し、やがて逮捕され、裁判の結果、電気椅子にかけられる。

映画のような三角関係の葛藤こそなかったが、当時の警視の境遇には、上流階級の名花と運命的な恋に落ちたモンゴメリー・クリフトのそれと、ずいぶん似ているところがあった。銀幕のエリザベス・テイラーに礼子の顔をかさね合わせていたことが、ありありと脳裏によみがえってくるのだった。

「君がモンゴメリー・クリフトか？　むしろレイモンド・バーの方が似合っとるぞ」

「遠い昔です。私にも、若い時があったのです」

「まあいい。知っているなら、説明は簡単だ」

　彼は自分の椅子に腰を下ろすと、執務デスクの抽斗から、小さな紙切れを取り出して、警視の前に置いた。

「八月の新聞の切抜きだ。目を通したら、その灰皿の中で焼き捨ててくれ」

　警視は切抜きを手に取って、読んだ。

「八日午後六時頃、北区十条台四―三―＊鷹見荘アパート七号室、会社員松山文子（まつやまふみこ）さん（二三）が自宅で首を吊って死んでいるのを、勤め先の同僚が見つけて、警察に通報した。

　調べによると、松山さんは先月中旬から、職場の同僚に、『つき合っている男性のことで悩んでいる』などと訴えており、同日も連絡なく会社を休んだため、心配した同僚が様子を見に行って、発見したもの。

　遺書等はないが、警察では、同日未明、異性問題を苦にした松山さんが、発作的に自殺を図ったものと見て、関係者の話を聞いている」

警視が顔を上げると、彼は黙って灰皿の方に目を向けた。芝居がかった目つきは、それが一種の儀式であることを示している。警視は切抜きを灰皿に落とし、マッチで火をつけた。

切抜きが完全に灰になってしまうと、彼がおもむろに口を開いた。

「時代を問わず、洋の東西を問わず、どんな若者にも起こり得る三角関係の悲劇だよ。沢渡恭平をモンゴメリー・クリフトに、娘の早苗をエリザベス・テイラーに当てはめてくれ。そして、なんという女優だったかな、あのおぼれ死ぬ女工の役をやっていたのは？」

「シェリー・ウィンタース。それが、松山文子という女の役回りですか」

「うむ。彼女は女工ではなく、教育関係の出版社に勤める編集者だった。二人は大学時代に知り合って以来、ずっとつき合いを続けていた。しかし女が妊娠していたところは、映画と同じだ。公表はされなかったがね」

「彼のことを調べさせたのですね」

彼はペン先で灰をつついて、粉々にした。

「かわいいひとり娘の夫になる男だ。それぐらいのことは当然じゃないか」

「どうして婚約を破棄しないのですか？」

「なぜそんなことをする必要がある。二人は愛し合っとると言ったろう。私は娘の幸せを壊すつもりなどない。このことは私だけの胸のうちにしまっておくつもりだ。私が知っていることは、恭平君にも知らせない」

「しかしそんなことをした男といっしょになっては、お嬢さんが不幸になる」

「そんなこと、と言うが、彼がなにをしたというのだね。松山文子が自殺したのは、彼女自身の責任だ。同時に二人の女とつき合うのが許せない、というならわかるが、それはあくまでも信条の問題にすぎん。むしろ私はそれぐらいの甲斐性のある男を評価するな」

「おかしいな」と警視は言った。「新聞には、警察は関係者に事情を訊いているとありました。当然、彼のことも調べがついたはずです。それが伏せられているというのは――」

「君の察する通りだ。私が手を回して、彼の名が出る前に捜査を中断させた。自殺した者に、生きている者の人生を狂わせる権利はない。まちがったことをしたとは思わんよ」

「松山文子が本当に自殺したというなら、それもいいでしょう。だが沢渡恭平が、彼女を殺さなかったという確証はない。もしそうだったら、あなたはお嬢さんに対して、取り返しのつかない重荷を負わせることになる」

「人を見る目は確かだ。私は、自分の人生をなげうっても、彼が人殺しなどしていないということに賭けるね」

「あなたが賭けているものは、沢渡冬規のカムバックではないのですか？」

彼は警視の言葉を聞き流した。

「――やっと本題に入れる。君は、沢渡冬規の元の女房を知っているか。今は土地成金の二代目と再婚して、篠塚真棹と名乗っている女狐だ。かつては、日本のトップ・レディーを目指していたが、現在では民間に商売替えして、強請りの方に手を延ばしているらしい」

「噂は聞いています。しっぽをつかまれたことはありませんが、ずっとブラックリストに載っている女で、上流階層や、著名人の中には、彼女の犠牲になった人間が少なくないようです」

「その女狐が、松山文子と沢渡恭平の関係をかぎつけたらしい。私が調べたところでは、すでに恭平君の手元には、彼女からの脅迫状が届いている」

「あなたがすべて知っていることを、彼に伝えてやりなさい。そうすれば、彼も脅しに乗らなくてすみます」

「ところがそう簡単ではないんだよ、法月君。私がいちばん心配しているのは、早苗が二人の関係を知ってしまうことなのだ。早苗は潔癖な娘だから、恭平君にそのような過去があることを知ったら、彼を許すまい。せっかくの良縁も、ご破算になってしまう。それでは困るのだ。みすみす沢渡冬規を逃してしまう結果になる。二人には、つつがなく結婚してもらわなければならない」

「やっと本音が出ましたね」警視は冷ややかに言った。「それで、私にどうしろというんです？」

「恭平君に対する、篠塚真棹の恐喝行為を阻止してもらいたい」

警視は力なく、首を振った。

「今の段階で、警視庁が口出しできる問題ではありませんね」

「法月君、プライヴェートな用件で会いたいと言ったはずだ。私は君個人の力を貸してほしいと頼んでいるんだよ」

「頼む相手を、まちがえているのではありませんか？」

彼は自信たっぷりに、首を振った。

「あいにくと、君は私の頼みを断ることはできんのだ。長野県の井賀沼に、『月蝕荘』というペンションがある。沢渡冬規が経営しているところだ。近いうちに恭平君は、『月蝕荘』に呼び出されるはずだ。篠塚真棹のいつもの手口なんだよ。じっさいに面と向かって脅しをかけるのは、そこと決まっている。そして、同じ時に君も井賀沼に招かれるはずだ」彼は言葉を切って、警視を見つめた。「どうしても煙草が吸いたいのかね」

「いえ、つい手が出ただけです」警視は煙草を戻した。「いま気になることを言いましたね。私も井賀沼に招かれると。どういう意味です？」

「黙っていて悪かったが、このオペレーションはもう動きはじめている。すでに餌をまいてしまった後なのだ。君には、おとりになってもらう」

「なんですって」

「君の息子さんが、礼子の不貞の子であるという噂を流させてもらった。篠塚真棹なら絶対に飛びつくネタだ。君たち親子は、有名人だからな。なに、気に病むことはない。どうせ根も葉もないでっち上げだ」

「馬鹿な」思わず警視は椅子から身を乗り出した。

「そうかっかするな。私たちは、身内どうしじゃないか。礼子の名を使ったのだって、あれが私のまたいとこだからだ。赤の他人にこんなことはできない」

「身内なら、なにをしても許されるというのですか。こんな侮辱には、耐えられません。失礼させてもらいます」

「待ちたまえ」背中を向けた警視を、彼は呼び止めて言った。「君は断わることができんと言っただろう。いいか、法月君。君が降りるのは簡単だ。しかしすでに篠塚真棹は、君に対する脅迫の準備に取りかかっているということを忘れんように。たとえ根も葉もない中傷でも、降りかかる火の粉ははらわねばなるまい？」

警視は相手の顔をにらみつけた。なにもかも計算ずくだったのか。すでにのっぴきならないところに追い込まれていて、この男の言いなりになるしかないことを悟った。

「――あなたらしい汚いやり口だ」

「致し方ないところだよ」彼は肩をすくめるふりをした。「段取りはこうだ。君は井賀沼で、篠塚真棹に強請られる。そのやりとりを隠しマイクで録音するんだ。恐喝の証拠を手に入れたところで、こちらの狙いを明かす。沢渡恭平に対する干渉をいっさい停止し、かつ松山文子に関するあらゆる資料を破棄すること。さもなくば、恐喝の現行犯として、篠塚真棹を告発する。このオペレーションのみそは、君の側にまったく弱みがないことだ。もうひとつ重要なのは、その取引があくまでも恭平君のケースのみに適用されるものであって、他の強請りについては口を出さないという点だな。これだけの条件なら、向こうも文句は言えまい」

「そう思い通りにいくものですか」

「それをうまく運ぶのが、君の腕の見せどころじゃないかね。もちろんうまく片付いたときには、礼ぐらいするさ。君クラスの人事なら、私の一存でどうにでも動かせるからな」

警視は黙っていた。言いたいことは山ほどあったが、それを口にして、どうなるというものでもなかった。悔しいが、すべてにおいて相手の方が、役者が一枚上だった。

「黙っているということは、OKしてくれると判断してもいいのだろうね」

「仕方がありません」警視は吐き出すように言った。「そのかわり、井賀沼では自分の考えにしたがって行動しますから、そのつもりで」

「君がそう言うのを待っていたんだ。ただし前にも言ったが、恭平君にはこのことは教えないようにしてくれ。私がすべて知っていて、なおかつ彼を手放せないということを知られると、こちらの立場が弱くなるのでな」

「やはり吸わせてもらいますよ」

相手に止める暇を与えず、堂々と煙草をくわえて、火をつけた。彼の顔めがけて、煙を吹きかけ、尋ねた。

「身内だから、と言いましたね。こんな汚い仕事には、私より適任の者がいるはずです。よりによってこの私を選んだのは、ただ身内だからというそれだけの理由ですか」

「それだけじゃない」煙が目にしみたような表情をした。「君が有能な男だからだ。そうでなければ、こんなデリケートな問題をまかせはしない」

警視は煙草を灰皿に押しつけた。

「今度こそ、失礼します」

「帰る時、秘書が書類を渡す。篠塚真棹関係の資料だ。目を通しておいてくれ」

警視はドアに向かった。完全に納得したわけではなかった。この話には、どこかおかしいところがある。

身内で、有能だから？　それだけの理由でこの俺が選ばれたはずはない。

なぜこの俺でなければならなかったのだ？

礼子。おまえなら、俺の疑問に答えられるのではなかったか——。

「やっと気がつきましたね、お父さん」

長い夢からさめると、警視の体はベッドの上に横たわっていた。真っ先に目に映ったものは、ひとり息子の顔だった。

「お父さんが襲われたと聞いて、なにもかも放り出して、こっちに飛んできたんです。でも大したことがなくてよかった」

「綸太郎——」

「話は聞きました。年がいもなく、むちゃをするからですよ。おかげで、出版社をひとつしくじった。おや、どうしたんです、お父さん。泣いてるんですか。ねえ、どこか痛いんですか——」

「いや、なんでもない。灯りがまぶしかっただけだ」息子の腕をぎゅっと握りしめて、警視は言った。「遅かったな、綸太郎。待ちくたびれたぞ」

「ほらね、まるで子供ですよ」綸太郎は、横にいるだれかに話しかけた。

頭を起こすと、峰裕子の顔が目の端に入った。

「お父さんが無事だったのも、峰さんのおかげですよ。ちゃんとお礼を言わなきゃ」

警視は裕子の顔を見つめた。

「あなたが、私を助けてくれたんですか」

「そんな、助けただなんて」裕子が手を振りながら、言った。「当り前のことをしただけです」

警視は自分の頭をなでてみた。なんとか原型を保っているようだ。

「夕べ、食事の支度をしていたら、外で車が出ていく音がしたんです。七時半頃でした。気になって表に出てみると、武宮さんのベンツが消えていました。離れの入口が開けっぱなしになっているので、おそるおそる中に入ったら、法月さんがリビングの前の廊下に倒れていたんです。それですぐ警察に連絡して、篠塚さんとこの部屋に運んで、それだけです」

「彼女が朝まで、看病してくれたんですよ」

警視は上半身を起こし、裕子に頭を下げて、心から礼を言った。彼女は少しはにかんで、肩をすくめるふりをして部屋を出ていった。

二人きりになると、おもむろに綸太郎が言った。

「頭の方はもう大丈夫みたいですね」

「ああ」

「では、この事件のいきさつを詳しく聞かせてください」綸太郎は真剣な目つきをした。「そもそもなぜお父さんが、この井賀沼にやってきたのか、そこから始めてもらいましょうか」

「わかったよ。その前に、上着から煙草を取ってくれ」

火をつけると、警視は話しはじめた——。

第三部

15

「本庁のデータ・バンクの中に、武宮俊作の指紋があったそうです」

おなじ月曜日の午後だった。『月蝕荘』を訪れた柴崎警部は、さっそく一〇二号室に現われて、ベッドの警視に報告を始めた。

「一昨年の九月に、群馬県で発生した少女殺しをごぞんじですか?」

「ああ。小学校六年生の女の子が、下校途中で行方不明になり、翌朝、近くの神社で絞殺死体が発見された事件だろう。まだ未解決だったのか」

「ええ。いたずらの跡があったために、変質者の犯行という線で捜査が進められたんですが、有力な容疑者もないまま、迷宮入りしかけていました。被害者の着衣から、犯人のものと思われる鮮明な指紋が採れてはいたものの、該当する人物の登録がなかったんです。それが、あのマールボロの指紋とずばり一致したわけです」

ドアが開いて、綸太郎がコーヒーを盆にのせて、入ってきた。

「息子だ」と警視が柴崎に紹介した。

綸太郎はコーヒーをくばると、自分はロッキング・チェアにすわった。

「本人は、昨夜の検問に引っかかったんだろう？」と警視が尋ねた。

「手配が早かったのでね。中山美和子の捜索隊の一班が、彼のベンツをつかまえたんです」

「犯行を認めたのかね？」

「いいえ。今のところ、あなたを殴ったことも含めて、完全黙秘を続けています。ですが、落ちるのも時間の問題でしょう」

「十一歳の女の子をねえ。そんなタイプには見えなかったが」

「ダンディーな歯科医も、一皮むけば、変質者だったというわけです。後は群馬県警の仕事ですが、ああいう輩（やから）には恐らく余罪があるでしょう。さすがは法月警視、よくあいつの正体を見破りましたね」

「見破ったわけではないさ。ちょっとした見込みにかけただけだよ」

「それから、もうひとつ。中山美和子の行方がわかりました」

「本当か。どこにいたんだ？」

「東京ですよ。昨日の午後には、もう井賀沼にはいませんでした」

「だが、どうやって町を出た」

「川崎でひとり暮らしをしてる、大学生の兄がいることがわかったんです。電話で彼に連絡して、車で迎えに来てもらったらしい。昨夜は兄の部屋に泊まって、今朝、〈マーキュリー企画〉に顔を出したというわけです。自殺という記事が、朝刊に載ったのを見て、安心したようです」

警視はちょっと鼻白んだ表情を示して、

「――それにしても、彼女はどんな理由で、篠塚真梼に脅迫されていたんだろうか」

「それについて、少し調べてきたんですが」と綸太郎が口をはさんだ。「畠中有里奈っていう娘は、清純派のアイドルということで売り出しているんですけど、デビュー前の中山美和子については、あまりいい噂はないらしい」

「というと？」

「確認された情報ではないんですが、十五歳のとき、妊娠して子供を堕ろしているという話を聞きました。それが事実かは別としても、なにかそういう昔の過ちを種に脅されていたんでしょう」

「あの子にそんな噂があるのか。ちょっと信じられないな」

警視はなんとなく、裏切られたような気分がした。そういう感じ方はおかしいのだが、駅で初めて会った時の、にっこり微笑んだ笑顔を、どうしても信じていたい気持ちがあったのだ。

「彼女をもう一度、井賀沼に呼べないだろうか。少し話がしてみたいんだ」

「そのつもりでした」と柴崎が言った。「なにしろ町をあげて、捜索隊まで出したんですから」

警視はひとつ気になっていたことを尋ねた。

「検問でつかまった武宮だが、強請りの証拠書類かなにかを持ってはいなかったか」

「いいえ。そんなものは、身につけてはいなかったようです」

警視はうなずくと、ベッドから体を起こした。

「綸太郎、すまんが、篠塚氏を呼んできてくれないか」

「いいですけど、なんの用事で？」

「もう一度、離れの中を調べてみたいんだ。彼を立ち会わせたいんでな」

「わかりました」

綸太郎は席をたって、部屋を出ていった。

「武宮が離れに忍び込んだのは、強請りの証拠の品を捜し出すつもりだったんだと思う」警視は柴崎に説明してやった。「あんなむちゃをしたからには、それなりの成算があったにちがいない。だが彼には見つけられなかったようだ」

「つまり、まだそれが離れに残っている可能性があるということですね」

「ああ。篠塚氏は、妻のしていたことを黙認していたふしがある。彼なら、その隠し場所を知っているかもしれん」

「なるほど」それから柴崎は急に声の調子を変えて、「――息子さんですけど、名探偵などというから、もっとエキセントリックな人物を想像していましたよ。わりと普通の感じですね」

「そうかい」と警視は言った。

内心では、舌を出していた。綸太郎にこの事件をひっくり返すことなどできないと、たかをくっているなら、大きなまちがいだ。後になって、びっくりするなよ、柴崎警部。

「では、行こうか」

立ち上がる時にちょっとよろよろしたぐらいで、体の方はなんともないようだった。警視は、柴崎が手を貸そうとするのを断わって、自分の足で離れに向かった。

離れのリビングに五人の男が集まった。法月親子、柴崎警部、篠塚国夫と、自分から立ち会いを希望した沢渡冬規である。

「――私は寝室が怪しいと思うんですが、どうでしょう、篠塚さん？」

警視は鎌をかけたが、篠塚はまったく気のないふうに、二、三度首を振ってみせるだけだった。

「仕方がない」警視は手を振った。「ともかく寝室から捜してみましょう」

寝室に入るなり、せわしなく動きだしたのは、綸太郎だった。ほどなく彼がすっとんきょうな声を上げた。

「ここのところだけ、じゅうたんの色の褪せかたが、ちがっている」

と言いながら、箱型のベッドの底辺と、じゅうたんとの境目の部分を指さした。

確かに、そのあたりだけ毛の色が、周りとくらべて濃いラインがある。

「最近、誰かがベッドをずらしたということか」

「ええ」綸太郎はうなずいて、ダブルベッドを動かそうとした。「――だめだ、重すぎてひとりでは持ち上がらない」

「手を貸そう」柴崎が助っ人を買って出た。

大の男ふたりでも、けっこうな力仕事だった。それでもなんとかベッドを部屋の中央まで移動することができた。

「あれを見ろ」

警視は叫んで、ベッドが置かれていた長方形の跡の真ん中あたりを指した。じゅうたんに五十センチ四方の、四角い切れ目が入っている。

柴崎警部がしゃがみこんで、手袋をはめた手でじゅうたんを取りのけた。その下から、金属の鈍い光沢が現われた。

「隠し金庫だ」

篠塚が肩を落として、首を振る姿が目に入った。沢渡が無言で、その肩に手を置いた。警視はベッドの角を回って、柴崎の後ろからのぞき込んだ。

「開けられそうか?」

ダイヤル錠を二、三回まわしてみてから、柴崎は残念そうに首を振った。警視は顔を上げ、ふりかえって篠塚を見つめた。綸太郎の声がした。

「女ひとりでベッドを動かすことはできません。中の物が必要な時には、だれかの手を借りなければならなかったはずです」

「篠塚さん」と警視が言った。「金庫の暗証番号を教えてください」

篠塚は黙っていた。両手をだらりと下げ、足下に目を落としている。答える様子はなかった。沢渡がきつく唇を結んで、首を振った。

「やむを得ない。柴崎警部、すぐ井賀沼署に連絡して、錠前の専門家を呼んでもらえないか」

「わかりました」

と言って、柴崎が部屋を出ようとした時、ふいに篠塚の唇から、低い声が洩れた。

「――左に八、右に十二、左に三、右に六」

警視は篠塚に目をやった。その表情は、一昨日の夜、ラウンジで缶ビールを飲んでいた時の、気持ちの悪い笑い方を思い出させた。

「もう一度」と柴崎が言った。

篠塚は、数字の組み合わせをくりかえした。柴崎は隠し金庫の上にとって返すと、篠塚が言った数字にしたがって、ダイヤルを回した。

かちっという音が、警視の耳にも届いた。

「開いた」柴崎が、扉の把手(とって)に手をかける。

警視は、扉がひらく瞬間に、思わず生唾を飲みこんでいた。

「――空っぽです」拍子抜けした声で、柴崎が言った。

「なんだって」

警視はあわてて、金庫の中をのぞき込んだ。柴崎の言う通りだった。金庫の中にはなにも入っていなかった。

ふりむいて、もう一度篠塚を見つめた。すると彼は、警視の視線をさけるように、目を細めて言った。

「気分がすぐれません。母屋で休ませていただけますか?」

本当に顔色が悪かった。髪の毛と同じ色だった。しぶしぶ警視はうなずいた。沢渡の付き添いで、彼は母屋に戻っていった。

綸太郎は気落ちした様子もなく、壁にかかった裸婦の絵の額を調べている。

「その色っぽい女は、だれが描いたんだ?」と警視は訊いた。

「モジリアーニの複製です。それよりちょっと、この裏側を見てくれませんか?」

額縁をひっくり返してみると、裏側の木の部分にナイフかなにかでつけた傷痕の列がある。

「なんだ、これは?」

「傷の数をかぞえてごらんなさい。八、十二、三、六。金庫の錠の組み合わせ数字です。篠塚真棹が、心おぼえのために刻んでおいたのでしょう」

「これになにか意味があるのか」

「大いに。目はしの利く奴なら、だれでも隠し金庫の錠を開けることができたという
ことですよ」

「じゃあ、やはり犯人が強請りの関係書類を、洗いざらい持ち去ったと？」

「恐らく、そうでしょう」

「しかしそれだけでは、自殺という結論をくつがえすには弱いですな」

柴崎が、二人の会話に水を差した。

「君は少し黙っていたまえ」

柴崎は肩をゆすって、身を引いた。

「それより今の調査で、非常に示唆的な事実が明らかになりましたね」

「というと？」

「雪の密室の謎を解く、大きな手がかりをつかんだような気がするんですよ」

「本当か。それはどんな事実なんだ」

「まあ、そうあわてないで。まだちょっとした思いつきの域を出ませんから、ないし
ょにしておきます」

「あいかわらずの秘密主義か。いつもながら、頭に来るよ」

「そんな大それたことじゃない。お父さんだって見ていたことですから」と綸太郎は意地悪く言って、「それにしても、最初に異変に気づいたという、恭平さんに会えないのは残念ですね」

「ちょうどおまえとは入れちがいの形になったからな。なあ、柴崎警部。なんとか彼をこっちに呼び戻すことはできないか」

「無理です」にべもなく、柴崎は言った。「もう手遅れだ。これは自殺です。もう何度も言ったように、あの雪の上に足跡をつけることなく、離れから姿を消すなんて、絶対に不可能です」

「賭けるかね」と警視が尋ねた。

柴崎は目をまるくした。ため息をつきながら、しみじみと言った。

「もうつき合いきれませんよ、警視。あなたたちで好きなようにしてください。私は署に電話をしてきます」

彼は席をたって、ドアに向かった。警視はその背中に声をかけた。

「本当に、賭ける気はないのかね？」

「——賭博罪の現行犯で逮捕しますよ」

彼は出ていった。

警視の目が急に鋭さを失った。決して他人には見せない、疲れた表情だった。

「正直なところ、どうなんだ」と息子に尋ねた。「俺には自信がないよ。井賀沼署の警部ぐらいなら、どうにでもなるが、その後ろにいる奴が問題なんだ。はたして、俺たちだけでこの事件をひっくり返すことができるかどうか、自信がない」

「できますよ」綸太郎は父親を元気づけるように言った。「成算がまったくないわけじゃない。真犯人が筋道たてて自首すれば、向こうだって、無視するわけにはいかないでしょう」

「だが、どうやって自首させるというんだ」

「犯人のプライドに訴えかけるんです。雪の密室が突破口になると思いますよ。犯人は、あのトリックに絶対の自信を持っているにちがいありません。だからそれを突き崩せば、意外に簡単に犯行を認めると思うんです」

「おまえにそれができるのか？」

「やってみせますよ――お母さんの名誉にかけて」

二人はどちらからともなく、笑みを浮かべあった。

「では、法月家の男たちの好きなようにするとしますか」

と綸太郎が言った。

16

二人は、沢渡冬規の部屋を訪ねた。沢渡は別にいやな顔もせずに、法月親子を招き入れた。

「なかなか充実したオカルト文献のコレクションですね」

綸太郎は書棚の本をざっと見わたして言った。

「ルドルフ・シュタイナー、コリン・ウィルスン、J・G・ベネット、ユングの『死者への七つの語らい』。『注目すべき人々との出会い』まであるぞ。おや、この段は変だな。『メキシコ高地の植物』、『ベルーシ殺人事件』、オルダス・ハックスリーの『知覚の扉』――ははん。沢渡さん、確かアメリカ留学していたそうですね。あなたもドラッグの洗礼を受けたんですか?」

沢渡はあいまいな微笑の翳（かげ）を口元に浮かべて、

「若気のいたりでね。でもたった一度だけですし、だいいちあれは僕の趣味に合いません。あんなに手軽に知覚の扉を浄めるのは、どうかと思いますね。やはり毎日の自律的な訓練によって、五感を研ぎすませていく方が、性に合ってます。それに、ジム・モリスンやシド・バレットみたいな哀れな最期もいやですからね」

「シド・バレットは、まだ生きてますよ」と綸太郎は訂正した。「——これはだれの本です？」

「マーク・ロスコの画集です」

「ほう」綸太郎は二、三ページ目を通すと、本を棚に戻した。「実は、離れの鍵のことについてうかがいたいのですが」

「どうぞ」

「さっき父から見せてもらいましたが、あの鍵は特殊なもので、金メッキのオリジナルと、銀メッキのスペアの二本しかないということでしたね」

「ええ。僕が自分の手で作ったものです」

「その他に、複製はないと断言できますか」

「できます」沢渡ははっきりと言った。「あれはだれにでも複製が作れるというものではありません。仮に僕がもう一本スペアを作るとしても、一月はかかりますよ」

警視が口をはさんだ。

「私がたたきこわしてしまったガラスケースですが、あれはもちろん中身の出し入れができるんでしょうな」

沢渡はわずかに逡巡の色を見せたが、すぐに答えた。

「ええ。ちょっと見ただけではわかりませんが、底ぶたがはずれるようになっているんです。真棹がくれたもので、けっこう値打ちのあるものだったようです」

「それは申しわけないことをしました。後で弁償しないと」

「今さら、もういいですよ」

「あなたのアリバイをもう一度、確認します」また綸太郎が言った。「父がこの部屋を訪れたのは、正確には一時何分でした」

「はっきりとはおぼえていませんが、一時半前後だったと思います。二十分ぐらい話をして、二時五分前に帰られた。そうでしたね、法月さん」

警視はうなずいた。沢渡が続けた。

「昨日あなたが外で、僕たち兄弟に言ったことをおぼえていますか？　真棹が犯人を午前一時に離れに呼び出したと、そう言いました。あなたは、どうやら僕を怪しんでいるようですから、仮にそれが僕だったとしましょう。デジタル時計に小細工をすれば、雪が降り始める前に真棹を殺して、母屋に引き返すことも不可能ではありません。そしてその時刻に確固たるアリバイを持つのは、ひとり僕だけです。あなたが僕に疑いの目を向けるのも、当然かもしれません。しかしはたして、僕にそれだけの時間的余裕があったかどうか。

最初から僕が、殺意を抱いて離れに行ったとしても、真棹の顔を見てすぐに彼女を殺せるわけがない。それに、自殺に偽装できるように、首の締め方にも注意をはらう必要がある。短かめに見積もっても、真棹を殺すまでに、十分は必要です。

次に真棹の死体を縊死に見せるために、梁からぶら下げなければならない。これに五分間。

それから忘れてはならないのが、例の隠し金庫です。あの中身を持ち去ったのも、犯人の仕業でしょう？　金庫の場所を見つけて、錠を開ける。中身を取り出した後、また元のように直しておく。これに最低十五分。

そして犯行現場を去る前に、僕が離れにいたという形跡を、すべて消しておく必要があります。これに五分間。

以上、最低でも、三十五分はかかる計算になります。金庫の錠を開けるのに手間取れば、この時間はもっと長くなる。どうしたって、僕が一時半にこの部屋で、あなたを迎えることなんてできない道理です。どうです、綸太郎さん。僕の言ってることはこじつけでしょうかねえ？」

「いいえ。非常に論理的ですよ。あなたのアリバイは完全です」

警視は内心、舌を打っていた。確かに沢渡の言う通りである。ブナ林の中で思いついた仮説はやはり通用しない。催眠術で彼をおびき出してアリバイを偽装したなどという突飛な考えを口にしなくてよかったと、ひそかに思った。

「いずれにせよ、真棹さんが死んだ時刻は、あのデジタル時計が止まっていた二時七分でまちがいないと思います」と綸太郎は言った。「死亡時刻をずらしたというのは、この事件の性格に合わない気がして」

「というと？」

「犯人が一時に離れに行ったという点は、まちがいないでしょう。そしてその時点では、まだ雪は降っていませんでした。恐らく雪が積もるなどということを、犯人はまったく予期していなかったと思います。その間なにをしていたかはわかりませんが、二時過ぎに真棹さんを殺し、事後工作をすませて、母屋に戻ろうとした時、初めて犯人は自分が雪のじゅうたんの中に取り残されたことを知ったのでしょう。のっぴきならない状況に追い込まれた犯人が、苦しまぎれに、離れから足跡を残さずに姿を消すアイディアを絞り出した、僕はそんなふうに想像しているんですが」

沢渡は、ひきつった笑みを浮かべながら言った。

「苦しまぎれに思いついたアイディアにしては、ずいぶんよくできていますね。犯人は、よほど頭のいい人間だったにちがいない」

「確かに、そうでしょう」綸太郎は沢渡をじっと見つめた。「悪魔のように狡猾な頭脳の持ち主——」

沢渡は目をそらすと、話題を変えた。

「ところで法月さん。篠塚さんから聞きましたが、あなたの奥さんは、弟の義父になる人のいとこだったそうですね」

「またいとこですよ」警視は訂正した。

「いずれにしてもあの一族の身内でしょう。だったら、なぜ彼にたてつこうとするのです」

「法月家の名誉がかかっていると言っておきましょう」

沢渡は首を振った。

「それなら僕たちもそうです。この一件には、弟の将来がかかっている」

「わかりませんね。あなたは一度、権力闘争の修羅場をかいま見てきた人だ。今になって弟さんを同じ世界に送る手助けをするなんて、信じられません。だいいち一昨日の夜は、恭平君の官界入りに反対していると言っていたでしょう。それがなぜ急に態度を変えたのです」

「あなたはすべてごぞんじだったのでしょう。松山文子という女性のことを」

「ええ」

「僕は昨日、初めて知りました。裏の河原で、話しましてね。あなたが来る前に、恭平が全部うちあけてくれたのです」

「それで、態度を変えたと？」

「誤解しないでください。弟は、自分の将来のために、じゃまな女を殺せるような人間ではありません。ただ真棹をめぐるごたごたから、恭平の若気の過ちが明らかになって、それで弟の一生がだめになってしまうのを恐れただけです。確かにあの世界は、人を蹴落とすことしか考えないエゴイストどものたまり場ですが、だからといって弟からチャンスを奪う権利はだれにもありません。それまで恭平に厳しいことを言ったのも、あいつだけには、血も涙もない権力の亡者になってほしくないという気持ちがあったからです。恭平には、恭平の選んだ人生を生きる権利がある。僕はその手助けをしたいだけです」

「――そのためなら、別れた妻を殺すこともいとわないと？」

「そんな質問には答えられませんね」不愉快そうに言った。

警視は奥歯をかみ合わせ、鋭い視線を沢渡に投げた。しばらくしてから、さりげない口調で言い添えた。

「彼の狙いは、沢渡さん、あなたなんだ」

沢渡は眉をひそめた。

「恭平君の婚約は、口実でしかない。あの男の目的は、あなたを引っぱり出すことです」

「だったら、どうだというんです」沢渡は怒ったように言った。「僕だって馬鹿ではありませんよ。それぐらいのことはうすうす察していた。要は僕自身の気持ちの問題です。どんなにおいしい餌で釣ろうとしても、いやだと言う者を、無理やり引っぱり出すことはできません」

警視はきっぱりと首を振った。

「だめです。あの男にそんな理屈は通じない。この件で、彼に借りを作ってごらんなさい。あなたたちは一生、食い物にされるでしょう」

「あなたとは、どこまで行っても、平行線でしょう。これ以上話しても、無駄じゃありませんか？」

沢渡の態度は虚勢だった。警視にはそれが手に取るようによくわかったが、その偽りの壁を破る突破口がつかめなかった。そこであごをしゃくって、綸太郎に合図をした。電話を見つめていた綸太郎は、なにもありませんと手を振ってみせた。

「おじゃましましたね、沢渡さん」

警視は、立ち上がりながら言った。そのときなにげなく突っ込んだポケットの中で、指の先が二つのころころしたものに触れた。

あの夜、沢渡から借りた耳栓であった。

「これはお返しします」警視はポケットから手を出すと、耳栓をぶっきらぼうに木彫りのテーブルの上に投げ出した。「もういらなくなりました」

二人は、部屋を出た。


一〇二号室に戻って、初めに口を切ったのは、綸太郎の方だった。

「さっきの彼の表情を見ましたか」

「いつの表情だって」

「さっき、部屋を出る直前に、沢渡氏が見せた表情ですよ。なにかとんでもない失策に気づいた時に、あんな顔をするものではないでしょうか？」

「とんでもない失策といったってな。ただ借りていた耳栓を返しただけだ」

「その耳栓ですけどね、お父さんから聞いた話のどこにも、耳栓を借りたいきさつなんて出てこなかったような気がするんですが」

「関係ないと思ったから話さなかったんだ」

「どんなささいなことも洩らさずに話してくれと頼んだでしょう。今からでもいいですから、聞かせてくださいよ」

警視は仕方なく、説明してやった。すると、綸太郎の目が異様な輝きをおびはじめた。

「ねえ、お父さん。ひとつ気になることがあるんです」

「一体、なんなんだ」

「昨日の朝、恭平君にたたき起こされて、離れの死体を発見するまでのお父さんの行動を、もう一度再現してもらえますか。今度はなにひとつ省略しないで話してくださいよ」

そこで警視はくわしく話してやった。

話の途中で、綸太郎は警視にひとつの質問をした。警視は質問の意味を考えた。やがて彼は大きく目を見開いて、綸太郎の顔を見つめた。

「――俺は、大馬鹿者だった。答は初めから、俺の目の前にぶら下がっていたんだ」

「後はそれを証明することです」

「だが待て、綸太郎」警視は突然、興奮からさめた。「いや、それは不可能だ。あの足跡は、恭平君がはいていたスニーカーと一致していた。しかも、その時ついたばかりの新しい跡だったんだ。俺がこの目で確かめた。だからそんなことができるわけがない」

「できるんです」綸太郎は自信たっぷりに言った。「彼がはいていたスニーカーですが、サイズが何センチだったか、おぼえていますか？」

警視は混乱と戦いながら、必死に綸太郎の問いに対する答を思い出そうとしていた。離れの入口。ブルーのスニーカー。靴底と、足跡との照合。靴のサイズは――。

「二十四・五センチだ」

「まちがいありませんね」

「まちがいない」

「わかりました。すぐに皆をラウンジに集めてくれませんか。どうしても全員に訊きたいことがあるんです」

「まさか、解決したというのか」

「だといいんですがね」

綸太郎は答をはぐらかせたが、その口ぶりは自信に満ちあふれていた。

ラウンジに集まった面々を前にして、警視はひどく落ち着かなかった。

綸太郎の指摘によって、ある重大な誤解が明らかになった時には、雪の密室の謎が、一瞬にして解決してしまったような気がした。しかしいったん冷静になって考えてみると、それだけでは説明のできない不可解な点が、たくさん残っていることに、気づかざるを得ないのだった。

一昨日の夜にくらべると、ラウンジに集まった顔ぶれも、ずいぶん寂しくなっていた。篠塚真棹、武宮俊作、中山美和子、それに沢渡恭平。四人の姿が、欠けている。ある者は旧悪を暴かれ、ある者は疑惑を残したまま、『月蝕荘』を去っていった。

そして彼らを呼び集めた元凶の女は、すでにこの世にない。

「自分から集めたのに、遅いな」

綸太郎が姿を見せないことに、柴崎警部はぶつぶつ不満を洩らしはじめた。彼はひどくいらだって、額に汗まで浮かべていた。また東京からプレッシャーをかけられたのかもしれない。だが警視は知らん顔をして、残された〈容疑者たち〉の顔色をうかがった。

篠塚国夫は、相変らず気の抜けた表情で、どこを見ているというわけでもない、うつろな視線を宙に向けていた。離人症的な傾向が、いっそう進行しているようだった。妻をなくしたショックが、この哀れな男から生きる意欲を徐々に奪いつつあるのだった。

その篠塚を、ひどく気遣わしげに見守っているのが、峰裕子だった。警視は、昨日のラウンジでのひとこまを思い出して、奇妙な感覚に襲われた。篠塚に対する彼女の態度は、まるで年老いた父親を案じる娘のそれに近いような気がしたからだった。だがそのことが、この事件と関連があるのかどうか、警視には見当もつかなかった。

沢渡冬規は、ラウンジに現われてから、一度も警視と目を合わせようとはしなかった。彼の存在が、ラウンジの空気をひときわ重苦しいものにしていた。いまだにこの事件における彼の役回りは、はっきりしていなかった。ある面ではもっとも疑わしい人物でありながら、別の側面から見れば、いちばん潔白な人物であるようにも思えるのだった。しかし今この場で、彼こそがもっとも手ごわい敵であるということだけは、はっきりとしていた。

真藤亮の態度にも、どこか釈然としないものがあった。警視は突然、きのう話しかけようと近づいてきた彼を、後にしてくれと断わって、そのままほったらかしにしていたことを思い出した。それから同じ昨日のできごとで、真藤が自分に秘密をうちあけたと告げた時に、篠塚が示した奇妙な反応が脳裏によみがえった。

そんなささいなことにいつまでも引っかかっているのは、なにか重大な見落としに気づかないでいるせいかもしれなかった。

無心なのは、ぬいぐるみのぐりもおと戯れている香織だけだった。どこで見つけてきたのか、長い紐をぐりもおの首に結びつけ、コリー犬のように引っぱりながら、長椅子の背によじ登ろうとしていた。

ドアが開いて、綸太郎が入ってきた。

「どうも遅くなりました」綸太郎は、ていねいに頭を下げて言った。「朝からいたので、あらためて自己紹介はしません。皆さんに集まってもらったのは、真棹さんを殺した犯人を特定するために、ひとりひとりにお訊きしたいことがあるからです」

「なにが始まるんですか」真藤がおそるおそる尋ねた。

「大したことではありません。ただ皆さんの靴のサイズを知りたいだけですから」

「異議あり」いきなり沢渡が大声を上げた。「真棹は殺されたのではない。自殺したのです。新聞にもそう書いてある」

「沢渡さん、おとなげない真似はよして――」

「おとなげないのは、君の方だ、法月君」沢渡は綸太郎に指を突きつけ、かみつくように言った。「推理作家だかなんだかしらないが、名探偵づらして、人のプライヴァシーに踏みこまないでくれ。土地の警察が、正規の手続きを経て、真棹の死は自殺であると決めた。この件は片付いたんだ。君には口出しする権限などない。僕の家の中で、好き勝手なことはさせないぞ」

綸太郎は、沢渡の豹変にあっけに取られて、反論することさえ忘れていた。

「その通りです」唐突に柴崎が、沢渡の肩を持った。「法月さん、こんな事情聴取は、もう無意味ですな」

「無意味どころか、人権じゅうりんだ」

「なにもそうまで言われなくても、靴のサイズぐらいだったら――」と真藤がおろおろしながらも、この場をとりなそうとした。

「だめです」沢渡がさえぎった。「僕たちは答える義務はありません」

「沢渡さん」綸太郎は、首を振りながら、沢渡に近づいた。「それは、フェアではない」

「文句があるなら、僕の家から出ていってください」

「彼の言う通りだ」柴崎が高飛車に言った。「われわれには、もうここにいる権利はない」

綸太郎はふりむいて、柴崎の顔をにらみつけた。

「あなたまで、そんなことを言うんですか」

「篠塚真棹は自殺した。これ以上、根拠もないのに波風を立てられては、こちらも迷惑します」

「根拠もないのに、だって？」綸太郎は大きく腕を振り回した。「根拠なら、ちゃんとある。今すぐここで、足跡のトリックを解き明かすこともできる」

柴崎は首を振った。

「法月君。私が言ってるのは、可能性の問題じゃない。他殺の証拠がないと言っているのだ。証拠もないのに、足跡を論じても、意味がないとは思わないかね」

綸太郎は返す言葉もなく、歯ぎしりした。柴崎が続けた。

「証拠、証拠なんだ。篠塚真棹が殺されたという証拠があるなら、それを出してみたまえ」

「証拠ならある」と警視が言った。

「なんだって」

沢渡と柴崎が二人で綸太郎をつるし上げている間、警視はずっと香織の方を見ていた。なぜかはわからないが、香織のしぐさが彼の注意を引きつけていたからだった。

そしてそれがなんなのか、いま突然に理解したのだった。

「あれを見ろ」

警視は香織を指した。急に部屋中の視線を向けられて、びっくりしたのだろう、香織は長椅子の背にまたがったまま、体を石のようにかたくした。その幼い腕が、ぐりもおの首に結びつけられた紐をしっかりと握りしめている。

そしてシロクマの四肢は、宙吊りになっていた。

17

警視は香織の小さな体を抱きかかえると、長椅子から降ろして、床の上にちょこんと立たせた。きょとんとした表情でこちらをみつめている香織に、警視は一語一語、噛(か)んで含めるように話しかけた。

「香織ちゃん、そのぐりもおの首につけた紐は、どうしたんだい？」

「おねえちゃんに、もらったの」

警視は顔を上げて、峰裕子に尋ねた。

「この紐は、あなたが？」

「ええ。昨日の夕方、香織ちゃんにせがまれて」

「なんといってせがまれたか、おぼえていますか」

「こう、手振りでぬいぐるみをぶら下げる格好をしたので、犬の首輪みたいなつもりかなと思って、そんなふうに結んであげたんです」

警視はうなずくと、香織の目の高さに顔を戻して、

「香織ちゃん、どうしてぐりもおの首に紐を結んでほしかったの」

「ぐりもおのひも？」

「ぐりもおは、どうしてぶらぶらするんだい」

「ぶらぶら。ぐりもおは、ぶらぶらするよ」

「法月警視、一体どういうつもりです」柴崎がたまりかねて抗議した。「これのどこが、他殺の証拠なんですか」

「ちょっと黙っててくれ」

警視はぬいぐるみを持って立ち上がると、首に結んだ紐をつかんで、香織の顔の前にぶら下げた。香織は警視に向かって、うれしそうに微笑みかけた。

「香織ちゃんが、こんなぶらぶらを考えたの？」

「ううん」首を振った。

「それじゃこんなのを、前に見たことがあるんだね」

「うん」今度は、得意そうにうなずいた。

「どこで見たのかな」

「――ねるへや」

寝る部屋とは、真藤父娘の泊まった二〇七号室のことだろう。

「じゃあ香織ちゃん、いつ見たか、思い出せるかな」

「よるだよ」

「夜って、いつの夜かな」

香織はもじもじして、なかなか答えようとしない。警視は膝をついて、ないしょ話をするように香織の耳元でささやいた。

「もしかしたら、おねしょしちゃった夜かい？」

香織はこくんと小さくうなずいた。

警視は香織の頭をなでた。立ち上がると、あらたまった口調で柴崎に言った。

「これからちょっとした実験をやってみる。私の考える通りなら、他殺の証拠を示すことができるだろう。だがもし予想がはずれたら、この件から手を引く。つき合ってくれるかね」

柴崎はしばらくためらっていたが、けっきょく好奇心が勝って、警視の申し出を受ける方を選んだ。

「約束は守ってもらいますよ、警視」柴崎は念を押した。「証拠があがらなければ、必ず手を引いてもらいますからね」

「ああ」警視は真藤に顔を向けた。「申しわけありませんが、お嬢ちゃんの手を借りて、確かめたいことがあるんです。後でいっしょに二〇七号室に行っていただけますか」

真藤はなにがなんだかわからず、すっかり途方にくれた様子で、

「一体なにが始まるのですか」

「香織ちゃんに影絵を見てもらいたいんですよ」

「なんですって」

警視はそれ以上取りあわないで、綸太郎を呼び寄せた。綸太郎は、心配そうに警視にささやいた。

「お父さん、いいんですか、あんな約束をして」

「大丈夫、今度こそ自信がある。それで頼みがあるんだが」

警視は綸太郎に耳打ちをした。綸太郎の表情が急に明るくなった。

「――なるほど、そういうことですか」

「おまえに、その役をやってもらいたい」

「でも、ひとりではちょっとむずかしいな。だれかに手伝ってもらわないと」

警視はラウンジの顔ぶれを見直した。真藤老人と柴崎警部には、二〇七号室で立ち会ってもらう必要がある。峰裕子は女だし、篠塚では役に立たない。そうすると残るのは、沢渡だけだった。

「沢渡さん、息子に手を貸してやってもらえませんか？」警視は思いきって、彼に持ちかけてみることにした。「今も言ったように、この実験が失敗したら、真棹さんが自殺したということを認めましょう。私たちにとっては、これが最後のチャンスです。決してあなたにとって、分の悪い賭けではないと思います。五分と五分で、この勝負に乗ってみませんか」

沢渡は腕を組んでしばらく考えていた。やがて意を決したように目を上げると、低い、気迫のこもった声で答えた。

「わかりました。あなたの賭けとやらに乗ってみましょう」

警視は唇の端を上げた。

「日没まで、待つことにします。日が暮れて、あたりが暗くなりしだい、実験を始めましょう」

午後六時。すでに山の陽は落ちて、外はすっかり夜の気配に満ちている。

沢渡と綸太郎を除いた全員が、二〇七号室に顔をそろえていた。

警視は窓辺に立って、離れを見下ろしていた。『月蝕荘』の二階南東の角にあたるこの部屋からは、離れの寝室の窓がさえぎるものもなく、よく見通せるのである。

寝室の窓にはカーテンがかかっているので、部屋の中までのぞき見ることはできない。しかし室内灯の光を背にして、窓の前をよこぎる二人の黒い影法師は、カーテンをはさんでも手に取るようにはっきりと見える。

寝室の窓が開いて、カーテンの間から綸太郎が顔を出した。ぐるぐると手を回して、準備が整ったという合図をしている。警視も窓ごしにＯＫのサインを出した。綸太郎の顔が引っこんで、離れの灯りが消えた。窓の外が、真っ暗になった。

警視は窓のカーテンを閉めて、部屋の中にいる人々に対した。

「香織ちゃん、こっちにおいで」警視は手招きをした。

香織は父親の顔をうかがった。真藤は少しそわそわしながら、娘に行くようにと促した。香織は半分はしゃいだ様子で、警視の方に駆け寄ってきた。恐らく当人は、なにかもの珍しい遊びが始まる程度の認識しかないのだろう。実は、これから起こることに香織が示す反応いかんで、篠塚真棹の死が自殺・他殺のいずれかという議論に決着がつくはずだった。

「ではこれから実験を始めます」警視はもったいぶった口調で言った。「皆さんできるだけ、窓に近づいてください。柴崎警部、灯りを消して」

柴崎が室内灯のスイッチを切った。二〇七号室の中は、デジタル時計の緑白色の液晶の光をのぞいて、真っ暗になった。香織がきゃっきゃと嬌声（きょうせい）を上げた。警視はその手を引いて窓に向かわせ、少しだけカーテンを開けた。

「一昨日の夜に起こったことを再現します。香織ちゃんがどんな反応を見せるか――」

離れの寝室にぱっと灯りがついた。

「香織ちゃん」警視は慎重に尋ねた。「一昨日の夜に見たのは――」

「あのくろいの」こともなげに香織が答えた。「あれのまねして、ぐりもおを、ぶらぶらしたの」

「でかしたぞ、香織ちゃん」

警視はカーテンをいっぱいに開けた。峰裕子が悲鳴を上げた。

両手をだらりとぶら下げ、宙吊りになった人間のシルエットが、寝室のカーテンに映っている。そして頭のてっぺんから、天井に向かって、一本の黒い線が伸びていた。

「安心してください」警視が落ち着いた声で説明した。「あれは沢渡さんです。ここからではわからないが、脇の下にロープを通して、真棹さんと同じように梁からぶら下がってもらいました」

「どういうことです」と柴崎が警視に詰め寄った。

「もう少し見ていたまえ」

三十秒ほどたつと、離れの灯りが消えた。再び真っ暗になり、もうなにも見えない。

「灯りをつけてください」

真藤がスイッチを入れた。部屋が明るくなる。柴崎がまた同じ言葉で、警視に説明を求めた。

「離れの二人が戻るまで待とう」と警視は言った。

やがて沢渡と綸太郎が、二〇七号室に駆けこんできた。綸太郎が訊いた。

「うまくいきましたか？」

警視はうなずくと、一同に説明を始めた。

「香織ちゃんは一昨日の夜、たまたま目を覚まして離れの寝室を見たのです。今しがた、皆さんにも見てもらった影こそ、香織ちゃんがそのとき目撃したものに他ならない。つまり、香織ちゃんは事件当夜、宙吊りになった真棹さんのシルエットをはっきりと見ているのです。

注意してほしいのは、その時、離れの寝室に灯りがついていなければ、この二〇七号室からはなにも見えないという点です。この点も、いま皆さん自身の目で確かめてもらいました。いいかえると、真棹さんが絶命した後も、離れの灯りはついていたのです。

しかるに、翌朝、私が真っ先に踏みこんだ時には、寝室はおろか、離れの中は真っ暗でした。スイッチを入れたら、すぐに灯りはついたのですから、故障して消えたのではない。すなわちだれかが灯りを消したのです、真棹さんが死亡した後に。いうまでもなく、決定的な他殺の証拠です」

最後のひとことを発した時、柴崎の顔から、さっと血の気が引いていった。それを横目に見ながら、警視はもう一度、香織を呼び寄せた。

「香織ちゃん、あのぶらぶらを見たのが何時だったか、わかるかい？」

「なんじ？」香織は首をひねる。

「だめです、法月さん」真藤が不自然なほど、うろたえた声でさえぎった。「香織は、まだ時計のことはなにもわかりません」

警視は舌打ちをした。すると綸太郎が、部屋のデジタル時計を指差して言った。

「時間はわからなくても、数字を形として、おぼえているかもしれません」

「その手があったか」

綸太郎が立って、部屋の灯りを消した。警視は香織の手を取って、デジタル時計の緑白色の光に注意を向けさせた。綸太郎が、時計の時刻調節つまみをいじって、00:00に合わせる。

「始めますよ」綸太郎が言った。

「あの光をよく見て」警視は香織の小さな手をぎゅっと握りしめた。「外のぶらぶらを見た時、あのぴかぴかがどんな形をしていたか、わかるかい？」

液晶の数字が、右端から動きはじめる。警視は息を詰めて、香織の呼吸に耳を澄ませた。初めのうち、とまどいの色を見せていたが、やがて香織は警視の意図をおぼろげに理解したようだった。表示される時刻が午前二時を回る頃になると、香織の目は十種類に変化する光のパターンに完全に魅了されていた。

二時四十九分から五十分に変わるところで、香織が反応を示した。警視は綸太郎に言って、時刻を二時四十分台にさかのぼらせた。四十五分と四十九分の間を何度か往復したすえに、けっきょく香織がおぼえていた時刻は午前二時四十八分であることが判明した。

「灯りをつけて」と警視は余裕に満ちた声で命じた。

その時、明るくなった部屋の中で、思いがけず警視の注意をとらえたのは、真藤老人の異常に度を失った態度であった。顔にチックを起こし、首筋に鳥肌まで立てている。突然の変貌だった。その視線を、警視ばかりか、娘からもそらして、まるでそこに何か有益なことでも書いてあるとでも言いたげに、篠塚の背中に向けていた。

警視はすぐに、香織が事件当夜、おねしょをしたことを思い出した。

「ねえ香織ちゃん」警視はあらためて尋ねた。「そんなに夜遅く目がさめたのは、おしっこがしたくなったから？」

香織ははじらいを見せながらうなずいた。

「でも、おしっこには行かなかったんだね」

またうなずく。

「どうして？」

「だってえ、しらないおうちで、こわかったもん」

「それでがまんして、寝たの?」

「うん」

「どうしてパパを起こさなかったの?」

子供らしい無邪気さも手伝って、それまでずっと屈託のない受け答えをしていた香織が、急に口をつぐんだ。いきなり警視にそっぽを向くと、今までにない不安の翳を漂わせて、父親の方に目をやった。だが真藤には、娘の目をまっすぐ受けとめてやることすらできなかった。

警視は香織を怖がらせないように、せいいっぱいおだやかな顔で尋ねた。

「パパはその時、お部屋の中にいなかったんだね」

香織はもうこちらを見ようともしなかった。

「パパを捜すつもりで、窓の外を見たんだろう」

わっと泣き声を上げると、香織はそのまま父親の膝めがけて駆けだした。

娘は警視の質問を認めたのだった。

真藤老人だけを残して、二〇七号室は臨時の取調室となった。

聞き手は、法月親子と柴崎警部。もっとも柴崎はすでにイニシアチヴを失い、単なる立会人としてそこにすわっているだけである。

警視が訊いた。

「お嬢さんが篠塚真棹の死体を目撃していた時刻、すなわち犯人がまだ離れにいたと考えられる時間ですが、あなたはこの部屋にいなかった。一体どこにいたんです？」

「私は離れには行っておりません。あのメモは、本当に香織がどこかで拾ってきたものです。私は関係ありません」

「ですから、どこにいたのかと訊いているんです」

「今さら話しても、信じてもらえないのでしょう」

「そうやってあなたが黙っていては、こちらで信じたいと思っても、信じようがありません。信じる信じないは別として、とにかく本当のことを話してください」

真藤はかさかさに乾いた唇を血がにじむほどかみしめて、じっと黙考した。やがて腹が決まったと見えて、多少うわずり気味だが、よどみのない口調で話しはじめた。

「昨日も言った通り、私たち親子はあの晩、十一時には部屋に引取り、すぐに床に就きました。朝までぐっすり眠るつもりだったのですが、悪い夢にうなされて目がさめ、それっきり寝つけなくなってしまったのです。娘はなんの不安もなく、すやすやと寝息を立てていました。その寝顔を見ているうちに、私は気が狂わんばかりのせつなさに取りつかれて、その場にじっとしていることができなくなったのです。とにかく頭を冷やそうと思って、部屋を出たのが二時半でした。あの時計を見たので、時間は確かです。

一階に降りていくと、ラウンジのドアが半開きになって、灯りが洩れていました。だれか起きているのなら、少し話し相手になってもらおうと思い、ラウンジに入ったのです」

「篠塚さんが眠っていたはずですね」

「そう思われるでしょう、でもラウンジにはだれもいませんでした」

「なんですって」警視は綸太郎と顔を見合わせた。

「灯りだけでなく、ヒーターもつけっ放しで、テーブルの上には飲みさしの缶ビールが残っていました。その前に飲みはじめるところは見ていましたから、篠塚さんだということはすぐにわかりました。たぶんトイレにでも行っているのだろうと思って、しばらく待ちました。それからおよそ三十分はラウンジにいたでしょうか、結局だれも姿を見せませんでした。その頃には気分も少しおさまってきたので、ラウンジの灯りはそのままにして、部屋に戻りました。すでに午前三時を回っていました。香織はぐっすり眠っており、まさか一度目を覚ましていたとは思いもよりません。私はもう一度ベッドに入り、今度は朝までずっと寝ていました。私がこの部屋を空けていたのは、その三十分だけですから、真棹さんの死んだこととはなんの関係もありません」

「——本当に篠塚さんは、ラウンジにいなかったんですね」

「本当です。といっても、それを証明することはできませんが」

「廊下かロビーで、だれかと顔を合わせたりはしませんでしたか」

「いいえ」

「ラウンジにいた間、なにか人の声とか、物音を耳にしませんでしたか」

「いいえ」

「真藤さん」警視は口調にすごみを加えた。「どうして今までそんな重要なことを隠していたのか、そのわけを説明してもらいましょうか」

「それは、その——」真藤は口ごもった。

「あなたは昨日、わざわざ私に被害者が書いたメモを渡しに来ましたね。あの時は、この事件の解決に協力しようというそぶりを見せていたし、その後もどちらかといえば、私の主張を支持する態度をとり続けていた。にもかかわらず、篠塚さんにアリバイがないことを知りながら、それを黙っていた。これは矛盾してるんじゃありませんか、真藤さん？」

「なんのことか、私にはわからん」追いつめられて、真藤は老人らしい頑なさを装いはじめた。「――私はなにも知らないんだ」

「もう結構です、真藤さん」

警視は渋い顔をして、あごをなでると、柴崎に命じた。

「篠塚氏をここへ呼んでくれ」

「篠塚さん、あなたはなぜ事件当夜、一晩中ラウンジで眠っていたなどと嘘をついたのですか？」

「――真藤さんが告げ口したのですな。だらしのない人だ」

「ではやはり、ラウンジにいたというのは嘘だったのですね。皆が寝静まった後、あなたはどこにいたのですか？」

「それよりなぜ今まで真藤さんが、私にアリバイのないことを黙っていたか、そのわけを知りたいとは思いませんか」

「そんなことより、私の質問に答えてください。あなたは一昨日の夜、実際はどこにいたかと訊いているのです」

篠塚は、質問を無視した。

「実は今朝、いきなり真藤さんが私のところにやってきましてね、取引を持ちかけようとしたんです。『私は、あなたの主張するアリバイがでたらめであることを知っている。そのことを黙っておいてやるかわりに、私が犯した殺人の証拠を、すぐ引き渡してもらいたい』とね」

「――真藤さんが犯した殺人？」思わず警視は訊きかえした。

「真藤さんはあなたに、真棹に握られていた自分の弱みをうちあけたそうですが、あなたが聞いた事実は、その半分でしかなかった。真藤さんは、香織ちゃんの出生の秘密どころか、もっと致命的な弱みを持っていたんです。彼は自分の手で、香織ちゃんの本当の父親を殺しているんですよ」

「なんだって」

「私は、真棹に脅されていた人たちの弱みなら、すべて知っている。もちろんそれでどうこうしようというつもりはない、ただの好奇心だけの老いぼれですがね。ところが、真藤さんは私が妻の後を継いで、彼の殺人をネタに強請りを続けるものだと思い込んでいるらしい。そこで私に交換条件を突きつけて、手を引かせようと仕組んだわけです」

「それは本当の話ですか、彼が奥さんの浮気の相手を殺したというのは」

「こんなことで嘘をついても仕方がない。一昨年の二月、藤沢市で三十八歳のギャラリー経営者が行方不明になっているはずです。調べてごらんなさい。今ごろはきっと、秩父の山中で白骨になっていると思いますが」

「そんな馬鹿な」

「信じる信じないはあなたの勝手だが、真藤さんが私に取引を持ちかけたのは事実ですよ。真棹のメモを手に入れて、あなたに渡したのも彼でしょう。最初から、そういう目算があったのです。真棹の死が自殺と決まった場合は、私に深夜のアリバイがないことは、取引のための交換条件となり得ない。だからわざわざあのメモを利用して、私と対等の位置に立とうとしたのです。

私は、取引に応じるつもりでした。ところが条件も固まらないうちに、彼が一方的に権利を放棄した。私も本意ではないが、こうして彼の悪事を暴かなければ、気がすまないのでね」

「ではアリバイのないことを、認めるのですか」

「ええ」

「では初めの質問に戻ります。あなたは一体どこにいたんですか？」

「それを答える気はありません」

「篠塚さん、答えられなければどういうことになるか、おわかりでしょうね」

「――わかっているつもりですよ」

篠塚は微笑みを浮かべた。それはすべてを失いつつある男の、絶望的な笑みであった。もう未練のない世界に対する、最後のあいさつに似ていた。

そのとき突然、部屋のドアが開いて、峰裕子が飛びこんできた。

「この人ではないわ」裕子は篠塚の体を、警視らの厳しい視線から守るようにしっかりと抱きかかえた。「あの夜は、朝まで私の部屋にいたんです」

篠塚の瞳に戦慄の光がはじける。裕子は絶叫した。

「朝まで、篠塚さんといっしょに過ごしたんです」

18

父の意識は最後までしっかりしていた。臨終の枕元に駆けつけた時は、すでに脈拍も消えかかっていたというのに、私の顔を見るなり、「出ていけ」とわめき始めたほどだった。

医者の他には、だれもいなかった。私が来なければ、だれひとりその死を看取(みと)る者さえないというのに、父は私をののしった。私は情けなくて、情けなくて、涙があふれてたまらなかった。こんな男の顔など、これ以上一秒たりとも見ていたくはなかった。

でも、これが母の愛した男なのだ。死の間際までその名を呼びつづけ、生涯を捧げた男なのだ。私は、母の人生のために、この男の死を看取らなければならないと、自分に誓った。母の人生が恥辱にまみれたいつわりの旅路でなかったことを証明するためにも、娘の私が、この男の死に涙を落とし、すべてを洗い流さなければならないのだった。

二十四年の生涯で初めて、私は父をゆるそうと思った。

「ヒロコ」

急に、父の口調が変わった。私は父の口元に耳を寄せた。お互いに、それが最期の言葉となるであろうことを察していた。

父は消えゆく意識の最後のひとしずくで、私の心を引き裂いた。

「おまえの母親は売女(ばいた)だ。おまえは俺の子じゃない」

父は悪魔であった。医者が臨終を告げた時、父は死に顔に笑みを浮かべていた。

私の中で、すべてが一瞬のうちに崩壊した。

足音がして、綸太郎は原稿用紙から目を上げた。峰裕子が放心した表情でこちらを見ていた。

「す、すみません」綸太郎はあわてて言った。「勝手に読むつもりはなかったのです。あなたにお話があって、ここに来たら、ついこの原稿に目が行って」

「それだけでは、黙って部屋に入ったことの言いわけにはなりませんね」

「申しわけありません」

「頭を上げてください。怒ってはいませんから。どうせ人に読んでもらうつもりで書いたものですし」

「本当に怒ってらっしゃらない？」

「ええ」

「すわってもいいですか？」

裕子はうなずいた。

「杏（あんず）はいかが？」

「いや、乾燥フルーツは苦手でして」綸太郎はなにげない調子で言った。「お尋ねしたいのは、篠塚さんのことです。事件当夜、朝まで彼とここにいたというのは、本当ですか」

「本当ですわ」

「なにをしていたんです」

「法月さん、それは言わずもがなですわ。いい年をした男女が、夜ひとつのベッドの上ですることが、他になにかありまして？」

綸太郎は鼻の頭をかいた。

「篠塚さんでは、あまりにも年が離れすぎていると思ったので」

「そんな言い方は、失礼です」

「それに、タイミングも唐突すぎましたからね。当の篠塚さんが一番びっくりしていたぐらいだった。それこそ、身におぼえのない濡衣を着せられたような態度でした。まあ、娘ほど年の差がある相手との情事を明かされれば、だれだってそういう反応を示すでしょうけど」

峰裕子は、頬の内側の肉を噛んでいた。ふいに目を鋭くして、綸太郎を見すえた。

「私を疑っているんですか？　篠塚さんの苦境を利用して、自分のアリバイを立証させようとしてるって」

「まあ、確かにあなたのアリバイもあやふやですけどね」

綸太郎はあごをなでた。裕子は肩をすくめて、部屋の中を神経質に歩き回りはじめた。綸太郎が、ふと気づいて言った。

「前から気になっていたんですが、歩く時、左足を少し引きずりませんか？」

「ええ」裕子はうんざりしたようにため息をついた。「昔、バイクの事故で。それがどうかしたんですか」

綸太郎は頬をすぼめて、甘酸っぱい顔をした。

「十七の時に好きになった同級生の女の子が、右足をちょっと引きずる癖があって、それを思い出したんです。一度だけデートしたけど、うまく行かなかった。僕が彼女の歩き方はチャーミングだってほめたら、ぶん殴られたんです。冗談じゃないわって。冗談じゃないって言いたいのは、こっちの方ですよ。僕は本気でそう思っていたのに」

裕子は当惑したようだった。

「あなたは少し変わってるんじゃないかしら？」

「変わり者は、むしろ彼女の方でしょう」綸太郎はむきになって言った。「その娘は今、スレンダー・ガールズっていうロック・バンドでキーボードを弾いているんです」

「ねえ、法月さん」裕子はあきれ顔で尋ねた。「あなた、一体なにがおっしゃりたいの？」

「いや、ただちょっと昔話をしてみただけです。彼女もファザコンだったことを思い出したんで」

裕子が眉をひそめ、唇をとがらせた。綸太郎は両膝を軽くたたくと、すっと立ち上がった。

「さて、これぐらいにしましょうか。一昨日の夜のアリバイについて、なにか話したくなったら、遠慮なく来てください。それから、父を看病してくださって、ありがとう。僕からも、お礼を言います」

綸太郎は、裕子を残して、部屋を出た。

綸太郎が一〇二号室に戻ってきた時、警視は柴崎警部と額をつき合わせて、談判しているところだった。

「何度も言う通り、約束は約束だ。香織ちゃんの証言によって、篠塚真棹がなにものかに殺害されたことは明らかになったはずだ。すぐに自殺の発表を撤回して、殺人事件として一から捜査をやり直すんだ」

「し、しかし――」

「しかしも、くそもあるもんか。柴崎君、前に君が言ったことをおぼえているか？上からの圧力に屈して捜査を中断するわけではない、すべての状況が自殺を指しているから、そのように処理するのだ、そう言ったんだ。新しい証拠が出れば、捜査方針は変更するとも言ったぞ。今こそ、その時だ。署長にそう言って、この事件に関する処理を全部撤回させるんだ」

「だめですよ、法月警視」柴崎は悪あがきをした。「香織ちゃんの証言があるといったって、わずか三つの女の子のあやふやな記憶に頼ることはできません。証拠能力はありませんよ」

「証拠能力の問題は別としても、あの目撃談に疑いの余地はない。現に、父親が部屋にいなかったことも正確に認識しているし、あれ以外に、香織ちゃんが首吊り死体そのものを見る方法はなかった。今さら、自殺の可能性をうんぬんするのは、まったくもってナンセンスだ」

「ねえ、柴崎警部」綸太郎が横から揺さぶりをかけた。「仮にあなたがこの件を握りつぶしてしまったとしましょう。万一そうなったら、遠からずこの井賀沼を舞台にした僕の新しい小説が出版されて、マスコミをにぎわすことでしょう。もちろんその内容は、僕の想像が生み出したフィクションですけど、もしかしたら今回の事件に似てくるかもしれない。あるいはあなたに似た人が登場するかもしれない。それはある程度仕方のないことでしょうね」

警視は煙草の煙を、柴崎の顔に吹きかけた。

「そういう事態になっても、だれも君の責任だなどと責めたりはしないよ。上からの命令で、正規の捜査が妨害されることは決して珍しいことじゃない。みんな同情してくれるだろう。人の噂も七十五日と言うし、スキャンダルの嵐ぐらいノー・コメントの連呼で、いくらでも切り抜けられる。

だが、本当に怖いのはその後なんだ。警察組織の体面に泥を塗った者は、後々になって、ちゃんと詰め腹を切らされる。もちろん君自身の責任ではないさ。たまたまその時のポジションが悪かっただけだ。運が悪かったとあきらめるしかない」

柴崎は青い顔をした。せっかくの渋い横顔もすっかり魅力を失っている。こういうところが、二枚目の辛い側面なのかもしれない。

「だったら、一体どうしろと言うんです」

「沢渡恭平を井賀沼に呼び戻してくれ。君はそれだけすればいい。後は私たちで、うまく運ぶ。殺人犯が自首すれば、いくら東京からなにか言ってきても、なんとでも言いわけは通る」

柴崎が目を上げた。

「では、彼が犯人なのですか？」

「だれもそんなことは言ってない。ただ彼に来てもらわないと、真犯人を明らかにすることができないんだ。できるかね」

「わかりましたよ」柴崎はしぶしぶ折れた。「腹をくくりましょう。沢渡恭平を、井賀沼に召還すればいいんですね。なんとか手を打ってみます。でも私にできるのは、そこまでですよ」

「それで十分だ。そうなんだろう、綸太郎？」

「ええ」

「タイム・リミットは？」

「明日、ではいくらなんでも酷だから、あさって、水曜日に頼む」

「真藤老人のことはどうしましょう。秩父の山中に白骨死体が埋まっているとかいう話は」

「とりあえず、神奈川県警に失踪人の確認だけさせておくんだな。今のところ、篠塚真棹殺しでこっちは手一杯だ。これが片付くまで、その話は忘れることにしよう」

綸太郎が注文した。

「それから手配がつくなら、中山美和子と、武宮俊作の二人にも同席してほしいんですが。完璧を期すために、当日の関係者を全員集めて真犯人の指摘を行ないたいんです」

「ここまで来たら、もうなんだってやりますよ」柴崎は半ば開き直ったように言った。「しくじったら、あなたがたも道連れにしますからね」

柴崎が出ていくと、警視は綸太郎に尋ねた。

「峰裕子にあたってみた感触はどうだった？」

「あの証言はくさいですね。根拠があるわけじゃないですけど、なんとなくそんな気がする。それより、ちょっと聞いてほしいことがあるんですが」

綸太郎は、裕子の部屋で盗み読んだ書きかけの小説のことを話した。

「それで、これはもう完全な第六感ですけど、もしかしたら、彼女の本当の父親っていうのが、あんがい篠塚国夫なのではないか、と思いましてね」

「なんだって」警視はいぶかしげに息子を見た。「それは少し飛躍しすぎた想像じゃあないのか？」

「そうでしょうかねえ。僕の聞いた話では、峰達彦の奥さんっていうのは、山の手の良家のお嬢さんだったそうです。篠塚氏も若い頃は、W大学の同人誌グループに首を突っ込んでいたという逸話のある人でしょう。そこに接点がなかったともかぎらない。なにせ、間に篠塚真棹という女が入っているんですからね、どんな隠れた人脈がひそんでいるか、わからないですよ」

「じゃあなにか、峰裕子は実の父親に篠塚真棹殺しの容疑がかからないように、先回りして、彼のアリバイをでっち上げたというわけか」

「まあ、そんなところです」

「あり得ないな」警視は新しい煙草に火をつけた。「峰達彦の死に際の台詞というのは、たぶん嘘だろう。娘に対する、最後のいやがらせにすぎないよ」

「そんな悪魔のような人間がいるものですかね」

「――いるさ」警視の声が急に荒くなった。「そうか、奴が俺を選び出した理由が少しずつわかりかけてきたぞ。綸太郎、あの男は俺に対するいやがらせのつもりで、こんなことに引きずり込もうとしたんだ。そうとしか考えられない」

「あの男って、母さんのまたいとこですね。でもお父さん、どうしてあいつがお父さんに対して、いやがらせをしなければならないんです。悪意も持たないのに、わけもなくそんなことをするはずはないんじゃないですか」

「悪意か。そうだな、あの男が俺に対して悪意を持つわけがないか。俺の存在など、彼にとっては問題にもならない、虫けらのようなものだから――」

なにかに思い当ったらしく、警視は急に口をつぐんだ。

綸太郎は話題を変えた。

「靴のサイズは、わかりましたか」

「ああ、おまえが峰裕子の部屋に行っている間に、調べておいたぞ。ただし、中山美和子の数字はわからない」

「女性陣のサイズはわからなくてもいいんです。知りたかったのは、男のものだけですよ」

「ここに一覧表にまとめてある。こんなものでどうやって犯人を限定するというんだ」

「後でゆっくり説明しますよ」

綸太郎は、そのリストをじっくりとながめた。

「――僕の想像した通りだ」

靴のサイズ一覧表

沢渡冬規　二十四・〇センチ

沢渡恭平　二十四・五センチ
武宮俊作　二十五・〇センチ
真藤亮　二十七・五センチ
篠塚国夫　二十五・〇センチ
中山美和子　不明
峰裕子　二十二・〇センチ
真藤香織　十四・〇センチ

読者への挑戦

このページまでの記述において、篠塚真棹を殺害した犯人を指摘するために必要なすべての手がかりがそろいました。

篠塚真棹を殺害した人物はだれか?

そして犯人はいかにして、犯行現場である離れから姿を消したか?

この二つの問いに答えてください。

なお、後者の問いに関して、犯人はロープ、ワイヤー、滑車その他、いかなる機械的な手段をも使用していないことを確言します。

法月綸太郎

19

「事件全体の謎を解く鍵は、最初から私の目の前にぶら下がっていました」と警視が切り出した。「――より正確に言うなら、私の両耳にはまり込んでいたのです」

一日おいた水曜日、ラウンジには再び事件の関係者がせいぞろいしていた。沢渡冬規、真藤父娘、峰裕子、それに篠塚国夫。井賀沼署の柴崎警部。そして東京から呼び戻された沢渡恭平はもちろん、制服の警官に手錠でつながれた武宮俊作、非常に地味な服装に身をつつんだ中山美和子の姿もある。

謎めかした言い方を、聴き手が十分不思議がった頃を見はからって、警視は続けた。

「皆さんすでにごぞんじのように、私は事件当夜、午前一時半から二時までの間、ここにいる沢渡冬規氏の部屋にいました。おかげで私たちはお互いに犯行時刻のアリバイを証明しあう結果となったわけですが、とりあえずそれはおいて、私はある事実に皆さんの注意を向けなければなりません。

不眠を訴えた私に、沢渡氏は一組の耳栓を貸してくれたのです。彼の親切に感謝して部屋を辞し、私は自室に戻ると耳栓を両耳にはめて、そのまますぐに眠りに落ちました。

　それから四時間ほどたって、だれかが私の部屋にやって来るなり、体を揺さぶって私を起こそうとしました。目をさまして、『だれだ？』と尋ねると、その人物は真っ先に自分の耳を指差すジェスチュアーをしたのです。私は自分が耳栓をしていることを思い出して、すぐそれをはずしました。その時初めて、『沢渡恭平です』と相手が名乗ったのです。

　だがその人物は、恭平君、君ではなかった。その後、離れの前に立っていたのは、正真正銘の君自身だったが、私の部屋に姿を見せたのは君ではない、兄の沢渡氏だった」

「なんのことだか、僕にはさっぱりわかりませんね」

　恭平は強情にうそぶいたものの、追いつめられて、せっぱつまった表情は隠しようがなかった。そしてそれは兄の沢渡冬規とて、同じであった。

「どういうことです？」柴崎は警視に問い質した。

「君も飲み込みが悪いな。私を起こしにきた人物の行動は、どう見てもあらかじめ耳栓のことを知っていたと考えないと説明がつかない。そして私があの時、耳栓をしていたことを知っていたのは、言うまでもなく兄の沢渡氏のみだった。すなわち沢渡氏は弟の名をかたって、私の前に姿を現わす必要があったというわけだ」

「でも一体なんのために、そんなことを」

「恭平君が母屋にいたと、私に誤信させるためだ」

「なんですって？」

「——あの足跡トリックを解く第二の鍵は、離れの寝室のベッドにありました」困惑する柴崎を尻目に、綸太郎が説明を引き取った。「柴崎警部、おぼえていますか。あのベッドを動かすために、あなたの手を借りなければならなかったということを」

「ああ、あれはかなり重いベッドだった。しかしそれがなんだと言うんだ？」

「あなたにしても、僕にしても、決して平均より著しく体力の劣る体格ではありません。それでも二人がかりでなければ、あのベッドは動かせなかった。隠し金庫の中身を持ち去った人物に関しても、同じことが言えるはずです。篠塚真棹自身が犯人に手を貸すはずがありませんから、事件当夜、離れには彼女の他に最低二人の人間がいたことが確かです」

「犯人が二人——！」柴崎は驚きを隠そうとしなかった。「しかし、しかしだ法月君。ひとりの犯人の足跡すらないのに、二人の人間が離れから姿を消すことなんて、いっそう不可能性が増すだけじゃないか」

綸太郎は、笑みを浮かべて言った。

「ところが、そうではないのです。離れから姿を消したのは、二人のうちのひとりだけで、しかもその人物はちゃんと雪の上に足跡を残していったのですよ」

柴崎は目をまるくして、返す言葉を失っていた。綸太郎が指を突きつけて言った。

「離れに残ったひとりというのは、もちろん恭平君、君のことです」

「とんでもない、言いがかりだ」恭平は神経質に声を高めた。「柴崎警部、こんな茶番はもうストップさせてください」

綸太郎は恭平の抗議を聞き流した。

「――そしてもうひとりの未知の人物は、離れから、母屋までのおよそ二十メートルを、後ろ向きに歩いて戻ったのです。恭平君が離れに行ったときの足跡と、僕たちが思いこんでいたものがそれです。離れにひとりが残り、足跡がもうひとり分。そして、犯人は二人いた。一プラス一イコール二。単純な計算ですよ」

「君が最初から、捜査に予断を入れていた証拠だぞ」と警視は柴崎に苦言を呈した。

「あの足跡をすぐに調べておけば、後ろ向きに歩いたものだということぐらい、すぐにわかったはずなんだ。そうすれば、こんなに悩まされることはなかった。まあ、私自身、あまり人のことを悪くは言えないが」

「馬鹿も休み休みにしてください」また恭平が口をはさんだ。「あれは、僕が母屋から歩いてきた足跡に決まってる。なぜなら、僕がはいていたスニーカーの底と、あの足跡はずばり一致していたじゃありませんか。あなた自身、その目で確かめているはずです。もうひとりの人物とやらが、後ろ向きに歩いて戻ったのなら、足跡とスニーカーの底は一致しているわけがない」

「確かにそうだ」柴崎がうなずいた。「これをどう説明します？」

「私も初めはそれが不思議だった。だが息子の種明かしを聞いた時には、あまりにも簡単な手口に、あきれ返ったぐらいだ」

「恭平君が靴を脱いで、もうひとりの人物がそれをはいたんです」と綸太郎が説明した。「そして自分の靴は手に持って、母屋に戻った。玄関に着いてから、その人物は恭平君のスニーカーを脱いで、二十メートル先の離れに向かって、それを投げた。恭平君は受け取ったスニーカーをはき直して、なにくわぬ顔で法月警視の来るのを待ったのです」

「離れの入口の鍵の件は？」柴崎が思い出したように尋ねた。「これも靴同様、投げたのか」

「その可能性は否定できませんね。母屋にいる人物が、ロビーのスペアキーを離れに投げる。恭平君がそれを受け取り、ドアに施錠する。もう一度、鍵を母屋に投げ返し、母屋にいる人物はそれをケースに戻しておいた。ただし、実際にそうだったと断言するわけではありませんよ。むしろ二人のうちのどちらかが、あらかじめスペアキーを離れに持参していたと考えたいですね。そうすれば、わざわざ空中で鍵のやり取りをしなくても、離れで施錠したものを母屋にそのまま持ち帰るだけで、すみますからね」

「なるほど」

「待ちたまえ、法月君」と沢渡冬規がさえぎった。「君の想像力の素晴らしさはよくわかった。だが、その説明には大きな欠陥がある」

綸太郎は余裕に満ちた表情で、眉を上げた。

「ほう、それは気づきませんでしたね」

「君の説明は、一見、完璧だ。僕と弟が、離れで真棹を殺した。面白い。自殺に見せかけるために、死体を梁からぶら下げ、強請りの証拠書類を見つけ出して処分した。そして母屋に帰ろうとしたところ、離れの周りに雪が積もっていることに初めて気づいた。なるほど、ありそうなことだ。自殺に偽装したからには、雪の上に他の人間の足跡が残っていてはまずい。

そこでいま君が断片的に説明したような手口で、僕が母屋に戻る足跡を、恭平が母屋から離れに行った足跡に見せかけることにした。そのためには、朝の六時前まで、僕たち兄弟は二人とも離れにとどまっていなければならないことになる。弟に関しては、それも可能だろう。

しかし法月君、僕が朝までずっと離れにいたということはあり得ないんだ。いや、そもそも犯行時刻に僕は母屋にいた。アリバイを証明してくれるのは、他でもない、君の父親だ。僕が離れにいなかったことが明らかな以上、君のトリック解明は、まったく的はずれだと言わざるを得ないね」

沢渡は勝ち誇ったように、言葉を切った。

「的はずれなのは、あなたの反論の方です。もっとも僕が言わなくても、そんなことはあなたが一番よくわかっているはずですが」

「どういう意味だ？」沢渡は無理にいからせた目つきで、綸太郎をにらんだ。

「だれもあなたが離れにいたなどと言ったおぼえはありません」綸太郎は涼しい顔で言い返した。「あなたは凶行には関与していない。いわゆる事後従犯だったのです」

沢渡がなにか反論を口にしかけた。綸太郎はそれを制して、続けた。

「このトリックは、三人の人間の連係プレーでなし得たものです。離れの前に残った恭平君。後ろ向きに足跡をつけた第二の人物。そしてその人物が母屋に戻って姿を隠すのと入れ替わりに、すかさず恭平君を装って、法月警視の部屋を訪ねた人物、すなわちあなたです。あなたの役割は、それだけでした。一〇二号室を出た後は、すぐに二階の自分の部屋に帰ったのでしょう。したがってあなたは、母屋から一歩も外に出る必要はなかった。アリバイを主張しても、なんの弁護にもならないのです」

「それは不可能だな」沢渡は震えのかかった声で強がってみせた。「君がとなえる説の前提は、日曜日の朝、法月警視を起こして離れに行かせた人物が、僕であるという点にかかっている」

「前提ではなく、実証済みの事実です」

「——いずれにせよ、僕がそんなことをするからには、あらかじめ弟との間でその計画について、十分に意思の疎通がなされていなければならない。だが、僕はずっと自分の部屋にいたのだし、弟も離れで身動きが取れなかったはずだ。事前のうちあわせもないのに、僕がそんな行動をとるはずがないじゃないか」

「でももうひとり、別の人間がいたんだろう?」いきなり柴崎がしたり顔で口をはさんだ。「母屋に戻ってきた方の人物が、彼の部屋に飛びこんで、段取りを説明したとすれば——」

「いや、それはちがいます」綸太郎があっさり却下した。「それでは、沢渡さんが素直にその段取りに従うかどうか、前もってわからないし、だいいちタイミングが合わない」

「私が見た足跡は、まだつけられてごく間もないものだった。そういうことは、なんとなく感じでわかるものだ。いったん母屋に戻り、彼の部屋に上がって段取りを説明していたら、それだけ時間的な差が生じることになる。そんな危ない橋を渡りはしないよ」

「電話を使ったんですね」さりげなく綸太郎が言った。

そのひとことがとどめを刺したようだった。沢渡の顔からいっきに張りというものが失せた。綸太郎は言葉を足した。

「あなたの部屋には電話がある。番号も、きっとロビーの電話とは変えてあるのでしょう。離れの二人があなたの部屋に電話をかければ、だれにもじゃまされずに、ゆっくりとうちあわせをすることができたはずです」

沢渡は完全に口をつぐんでしまった。もはや、言い逃れる術のないことを悟ったのだった。綸太郎が続けた。

「そう、電話といえば、死体発見の直前に離れで鳴っていたベルという問題もある。

あれはあなたの部屋からかけていたものでしょう、沢渡さん？　もちろん、朝のあんなに早い時間に、離れの様子を見に行くという行為に不審を抱かれないため、用意した口実にすぎなかったはずです」

「死体発見の時刻も、あらかじめ計算したものだった」警視が言葉を継いだ。「五時四十五分。いちばん眠くて、意識が朦朧としている時間帯だ。私に正体を見破られずに、芝居をするには、最適の時間だったわけだ」

「恭平君といっしょに、離れにいたというもうひとりの人物とは、一体だれだったのですかな？」

唐突に口をはさんだのは、それまでわれ関せずという顔で、議論にまったく興味を示していないように見えた篠塚国夫だった。

「その質問が出るのを待っていましたよ」と綸太郎が言った。

篠塚は相変らず、無心に近い表情を崩さない。沢渡兄弟は、もうすべてあきらめてしまったように、うなだれてしまっている。

「消去法によって、その人物を限定することが可能です」あらたまった口調で綸太郎が言った。「事件当夜、『月蝕荘』にいた人物のうち、すでに言及された沢渡冬規氏と恭平君の二人、およびアリバイのある法月警視をまず除外します。

死体の発見とほぼ同時に、『月蝕荘』から姿を消した中山美和子さん。彼女が離れにいた第二の人物だったとすれば、翌朝あんなにあわてて行方をくらます必要は、まったくありませんでした。真棹さんの死を自殺に偽装するトリックを使った当人なら、なにくわぬ顔をして、『月蝕荘』にとどまる方が安全であることを知っていたはずです。そうしなかったのは、彼女が潔白であることの逆説的な証左といえます。

日曜日の夜に、離れに忍び込んで、強請りの証拠となる品を捜し出そうとした武宮俊作氏。彼もまた、真棹さん殺しに関しては、無実です。彼が離れにいた第二の人物であったのならば、すでに持ち去ったはずの証拠品を見つけるために、わざわざ無用の危険を冒す必要などなかったからです。

真藤亮氏については、非常に簡単な理由から、離れにいた第二の人物でないと信じることができます。第二の人物は、恭平君のスニーカーをはいて、母屋に戻らなければならなかったのですが、真藤氏にはそれができませんでした。恭平君のスニーカーのサイズは二十四・五センチでしたが、彼の足のサイズは二十七・五センチで、およそ三センチも大きいのです。一センチぐらいならともかく、三センチも小さい靴をはくことはできません。仮に靴の後ろを踏んで、後ろ向きに歩いたとすれば、必ずかかとの跡が雪の上に残ったはずです。

真藤香織ちゃんが第二の人物であったと考えることは、根本的に無理があります が、仮にその可能性を考慮するものとしても、三歳の女の子に恭平君のスニーカーを 正確に二十メートル先に投げ返すことができるわけがありませんから、この可能性は やはりありません。

峰裕子さん。彼女は左足に障害があり、後ろ向きに二十メートルを歩いた場合に は、雪の上に特徴のある痕跡を残したはずです。それが認められなかった以上、彼女 が離れにいた第二の人物であり得ないことを示しています」

綸太郎はいったん言葉を切ると、もったいぶった咳払いをした。それからある人物 にじっと目を据えて、ゆっくりと言った。

「――残っている人はたったひとりしかいません。言うまでもなく、その人が土曜日 の夜、恭平君とともに離れにいた人物に他なりません」

「その通りだ」篠塚国夫が言った。「私が妻を殺した」

一瞬、座を沈黙が支配した。

やがて篠塚が口を開いた。

「沢渡さん、せっかくあなたがたががんばっているのに、肝心の私があっさり口を割ってしまって申しわけない。しかしもうこれが限界だと思う。私のしたことを全部うちあけるしかないようです」

それから落ち着いた声で、峰裕子に頼んだ。

「裕子さん、水を一杯いただけませんか」

「はい」とうなずいて、裕子は食堂に姿を消した。

体の前で両手を握りあわせ、篠塚は目を閉じた。乱れた呼吸を整えようとしているようだった。だれも彼のじゃまをしようとはしなかった。

峰裕子が盆の上に水の入ったコップをのせて、戻ってきた。足音で、篠塚は目を開いた。裕子がコップを取って篠塚に渡そうとした時、その手が滑った。コップは床の上で鈍い音をたて、砕け散った。まるでそれを待っていたかのような素速い動きで、篠塚の右手が破片のひとつを拾い上げ、その鋭い切っ先を立ちすくむ峰裕子の喉に突きつけた。

一瞬のできごとだった。だれも動くことができなかった。

篠塚は左手を裕子のあごに押しつけ、無防備な喉をいっそうさらけ出した。ガラスの破片は首筋にぴったりと密着して、彼女が少しでも体を動かそうものなら、ひといきに頸動脈を断ち切ってしまいそうである。

「一歩でも動いたら、彼女の命はない」

篠塚が、引きつった声を張りあげた。

「篠塚さん」綸太郎がやっと言った。「そんなことをしても、なんにもなりません。彼女を放してください」

「だめだ。私は君らの言いなりにはならない」裕子の体を引きずりながら、ロビーに通じるドアの方へ歩き始めた。

「篠塚さん」警視がその前をふさごうとした。「もう手遅れです。そんなことをして、逃げきれるものではありません」

「道をあけるんだ」

「ここは彼に従うしかありません」

篠塚のけんまくに押されて、柴崎が警視の腕を引っぱった。警視も退かざるを得なかった。

篠塚はじりじりと移動して、ラウンジを横切った。一同が息を殺して見つめる中、ドアを開けて、ロビーに出ていった。

警視らは、彼を刺激しないように、慎重に二人を追った。篠塚は裕子の体を盾にして、後退り（あとずさ）ながら外に出た。彼は車で逃げるつもりだった。駐車場のＢＭＷまで裕子を引っぱっていくと、彼女にキーを渡して、ドアを開けさせた。

人質を助手席に押しこむと、篠塚はエンジンをかけ、砂利を飛び散らせながら、強引に方向を転換させた。柴崎が拳銃に手をかけ、威嚇しようとするのを、警視が止めた。

「無理だ。危険すぎる」

その間にも、ＢＭＷは井賀沼署の車に激しくバンパーをぶつけながら、大きくハンドルを切って、表の道路へ飛びだしていった。

「ちくしょう」と吐き捨てながら、柴崎はパトカーに向かって走った。

綸太郎と、警視が後に続いた。

「早く乗って」柴崎が運転席から、二人に言った。

「いいぞ」と警視が答えた直後に、ギアは三速に入っていた。無線連絡で非常線の要請をしながら、柴崎はギアをトップに入れた。

「山道でこんなむちゃな運転は初めてだ」

「逃げる方も必死だ。飛ばせるだけ飛ばしてくれ」

きついカーブを二回すぎると、前方に濃紫の車体をとらえた。車の機能はＢＭＷの方が上だが、ハンドルさばきは柴崎の方がはるかに上回っている。車間距離は徐々に狭まり始めていた。前を走っている篠塚の方も、それに気づいたらしい。

突然、ＢＭＷのブレーキランプがついた。先に減速するようなカーブはない。とっさに綸太郎が叫んだ。

「ブレーキだ！　スピードを落とせ」

「なんだって？」

「止めるんだ、間に合わないぞ」

柴崎は仕方なく、ブレーキを踏んだ。綸太郎が車を止めさせたわけはすぐにわかった。速度を落とし、距離の詰まったＢＭＷの助手席のドアが急に開いて、峰裕子の体が転げ落ちた。路上に倒れた彼女の一メートル手前で、からくもパトカーは停車した。

「なんてむちゃなことをするんだ」柴崎がどなった。

綸太郎が車を降りて、裕子の体を抱き上げた。あちこちにかすり傷があるが、命に別条はないようだ。頬をたたいて、彼女を正気づかせた。

裕子は目を開けた。

「――もう大丈夫。無事でよかった」

「篠塚さんは？」裕子が言った。

綸太郎は顔を上げて、ＢＭＷの影を捜したが、すでに視界から消え去っていた。綸太郎は裕子に向かって、かぶりを振った。

裕子は、涙を浮かべていた。

「もう追いつけそうにないな」柴崎が苦りきった表情で、車から降りてきた。「だが遅かれ早かれ、非常線にひっかかるだろう。逃げることはできない」

「おかしいな」と警視が言った。彼も車から降りて、ＢＭＷが消え去った方向をながめていた。「追いつかれても、人質がいれば、なんとかできたはずなのに。わざわざ自分から解放するなんて」

「彼女が無事だったからいいじゃないですか」と柴崎が言った。

「いや――」と綸太郎が口にしかけた時だった。

前方で、地ひびきのような音がした。

20

篠塚国夫のＢＭＷは、『月蝕荘』から四キロの地点で、ガードレールを突き破って二十メートル崖下に転落し、爆発炎上した。篠塚は即死だった。路上にはブレーキの跡がなく、覚悟の自殺であることは明らかだった。

その日の午後、『月蝕荘』に戻った法月親子に、峰裕子が一通の封書を差し出した。

「——これは？」

「今朝、篠塚さんから預かったものです。自分になにかあった時には、法月警視に渡すようにと言われて」

「やはりそうだったのか」と綸太郎が目を光らせた。「——ラウンジでコップを落としたのは、わざとでしたね」

裕子は微かにうなずいたように見えたが、はっきり認めたわけではなかった。そのままなにも言わないで、二人の前から立ち去った。

一〇二号室で警視は封を切った。

中に入っていたのは、篠塚国夫の告白書だった。


法月警視。

今これを書いているのは火曜日の夜だが、あなたの手にこの告白が渡る頃には、私はもうこの世にはいないだろう。死人に口なしと言うが、せめて命のあるうちに、真棹の死の真相をこうして書き残しておこうと思う。

真棹を殺したのは、この私なのだ。

もっとも今さら私が名乗りを上げても、あなたは驚きはすまい。賢明なるあなたの息子がすでに、あの足跡トリックを含めて、すべてを解き明かしているにちがいないはずだから。そこでこの告白では、なぜこの私が愛する妻を自分自身の手で殺さなければならなかったか、という点に絞って書き記すことにしよう。どんな名探偵でも、そのいきさつを推理することは不可能であるからだ。

そもそものきっかけは、恭平君のスキャンダルを真棹がつかんだことだった。その内容については、すでにごぞんじのはずだから、ここでは触れない。ただ真棹にとって恭平君の死命を制することは、単なる恐喝以上の大きな意味を持っていたことを強調しておく必要がある。なんとなれば、恭平君は冬規氏の実弟であり、そして真棹という女がその生涯でたったひとり、愛情に近い感情を抱いた男こそ、沢渡冬規その人だったからだ。このことがなければ、私は真棹を殺してはいなかっただろう。だが、私は話を先走りすぎたようだ。

あの夜、午前一時に離れに呼び出されたのは、もちろん恭平君だった。彼は真棹の書いたメモによって、皆が寝静まった深夜に、こっそりと離れの真棹のもとを訪れたのである。

「――今にして思えば、自明のことだった」告白書を読む手を止めて、警視が言った。「恭平君は、日曜日に東京へ帰る唯一の人物だった。言いかえれば、真棹が彼を脅すチャンスは、あの夜しかなかったということだ」

真棹のしている恐喝に関して、私がほとんどノータッチだったということをここで附記しておかねばならない。個人的な興味から、妻の犠牲者たちのファイルをのぞくことはあっても、実際に彼らを脅し、苦しめる場面に立ち会うことは、私の趣味ではなかった。また真棹の方も、自分が行なっている恐喝について、いちいち私に報告するという習慣はなかった。したがって、あの夜の犠牲者が恭平君であることを、私は前もって聞かされてはいなかった。

それを知ったのは、半ば偶然によるものであった。私はラウンジで酔いつぶれて、だらしなくうたた寝していたが、たまたまロビーに足音を聞いて目を覚まし、だれだろうと思ってドアから外をのぞき見した。その時、目にした後ろ姿が、他ならぬ恭平君のものだった。

「部屋の窓の網戸が、はめ込みになっていなければ、恭平君は窓から抜け出して、離れに向かったでしょうね」

「そうすれば、恭平君は篠塚氏に姿を目撃されることもなかった。殺人も避けられたかもしれん」

　真棹が彼を呼び出したということはすぐにわかった。それが恭平君でなかったら、こっそり彼の後をつけて、離れに忍びこもうという気は決して起きなかっただろうと思う。

　私は真棹が、恭平君に対してなにを要求するか、それを知りたかったのだ。すでに述べた通り、真棹にとって恭平君は、兄の冬規氏につながる特別な人間であった。だからこそ、真棹が彼に対して尋常な要求をつきつけるだけで、満足するはずがなかった。いや率直に言えば、私の抱いた興味の陰には、彼の兄に対する嫉妬心がくすぶっていたのだと思う（この一行を記すために、私の自負心ははかりしれない譲歩をしている）。

　私は様子をうかがって、恭平君に気どられないように離れに向かった。ところが先に行った恭平君が用心して、入口のドアに鍵をかけていたために、私は一度母屋に戻って、ロビーのガラスケースから例のスペアキーを取ってこなければならなかった。このことは、後になって意外な役に立つことになったが、それについてことさら触れるのは、あなたの息子の頭脳に対する侮辱となるような気がするので、省略する。

「なるほど」と綸太郎が言った。

私が離れに忍びこんだ時、恭平君はリビングにいた。真棹はシャワーを使っていた。私は寝室に姿を隠した。水音で私の気配が気づかれることはなかった。私はリビングに面した壁に耳を当てて、隣りの様子をうかがった。真棹はおよそ三十分ぐらい、ユニットバスから出てこなかった。恭平君はかなりじりじりしているようだった。初めは、それが真棹の目的なのだろうと思った。つまり犠牲者をじらして、不安を昂じさせることにサディスティックな喜びを感じているのだと。私の考えは半分は正しかったのだろうが、真棹の真の狙いが明らかになったのは、後になってからだった。

「犯行時刻まで時間が、あきすぎているのが気になってはいましたが、まさか彼女がシャワーを使っていたとは思いませんでした」

「いや、手がかりはあった」警視が眉を上げて言った。「最初に離れに入った時、ユニットバスの浴槽の中に彼女の髪の毛が残っていたんだ。あまり重視はしなかったが、そういう意味があったんだな」

バスから出てきた真棹が、どういうふうに恭平君を脅したかは、壁ごしの会話のため、十分に聞き取ることができなかったし、また私にとってはどうでもいいことなので、ここには記さない。問題は真棹の要求がどんなものかということであった。

耳に入った断片的な言葉から判断して、真棹は恭平君の体を要求したらしい。今こうして言葉にするのは簡単だが、その時の私にとって、それは耐えがたい屈辱だった。

今さらくりかえすまでもなく、真棹は激しい支配欲に取りつかれた女だった。その支配欲の犠牲になって、多くの人々が苦しんできた。しかしたったひとりだけ、真棹の支配欲からまぬがれ、彼女のプライドに深刻なダメージを与えた人間がいる。それが沢渡冬規氏だった。前にも触れたように、真棹はいまだに彼に対して、非常にねじくれた愛情を持ち続けている。だが真棹の傷つけられたプライドは、絶対にそれを認めようとはしなかった。それが冬規氏に示す屈折した態度の原因であった。一方、抑圧された愛情は、真棹の内部で徐々に腐敗していった。恭平君の弱みを握った時、この腐敗した愛情がついにはけ口を発見したのだろう。冬規氏本人ではなく、その弟に対して。

二人はリビングを出て、寝室へやってこようとしていた。足音が近づいてきた。私には逃げ場がなかった。いや、窓から逃げ出すことは可能だったのだが、私自身の暗い欲望がそれをさせなかった。ドアが開いて、二人が入ってくる寸前に、かろうじて私はカーテンの陰に姿を隠した。

真棹はあられもない格好をしていた。湯上がりの余韻がまだ残っていて、上気した肌が美しかった。私はその時になって気がついた。シャワーを使ったのは、初めからそのつもりだったのだ。

恭平君は、真棹の言いなりになっていた。私にとっては、それも驚くべきことだった。実の兄のかつての妻と肌を合わせることに、まったく抵抗はなかったのだろうか。だが彼にはやむを得ない選択であったのかもしれない。いや、それよりも彼の中で一種の打算が働いていなかったと言いきれるだろうか。

私を寝室にとどまらせたものは、打算ではなく、もっと説明しがたい心情だった。私は、愛する妻が、自分よりずっと若い男の体に貪られるのを、この目で見たくてたまらなかったのだ。率直に言えば、私がこういう欲望につき動かされたのは、決してこの時が最初ではなかった。こういう嗜好を世人はなんと呼ぶのだろう、ある種の倒錯したマゾヒズム？　だが自分自身の醜い部分を細かに分析するのはみっともないし、なにもこの欲望をわかってもらいたいという気もないので、これ以上筆を費やすのは控える。本当は自分でもそういうものを認めるのはいやなのだ。

二人がベッドの上でどんなことを始めたか、ここに記すつもりはない。いずれにせよ、それは佳境にはいる以前に、中止を余儀なくされたのだから。しかしただひとつ、これだけは書いておく必要がある。二人がお互いに愛撫を始めた時、上になっていたのは、真棹の方であった。

私が真棹に対して、突然殺意を抱いた本当の原因がなんだったのか、今でも正確なところはわからない。愛する妻が目前で私を裏切っていることに対する怒りもあったろう。沢渡冬規氏に対する嫉妬心が、真棹に対する殺意に形を変えたという考え方もできる。さらに恭平君に対する同情という側面もあったかもしれない。それはひとり恭平君にかぎったことではなくて、篠塚真棹という女によって食い物にされ、あるいは食い物にされつつあるすべての人々のために、彼らを苦痛から解放するために、同時に私自身を真棹の呪縛から解き放つために、この女を地上から抹殺しなければならないという使命感に近いものですらあったような気がする。

だが本当のところは、これらすべてが私の内部で複雑に混ざりあって、真棹に対する殺意を形作っていたのだろう。そして皮肉にも、私の隠れたる殺意に火をつけたのは、他ならぬ真棹自身だった。

恐らく寝室に入ってきた時から、真棹は私の存在に気づいていたのだろう。突然、ベッドの上でこちらをふりむいて、私に笑いかけたのだ。はっきりとわかるように、私をあざ笑ったのだ。

それはまるで私自身の卑しさに、挑戦しているような笑いだった。殺せるものなら、殺してみろ。そう言っているように、私には思えた。

もうその後は一本道だった。私はカーテンの後ろからはい出て、その時つま先に引っかかった延長コードをコンセントから引き抜いた。差し込んであった他のコードもじゃまだからいっしょに抜いたはずだが、これはよくおぼえていない。デジタル時計のことなど、まったく頭になかった。

　真棹の背後からベッドに上り、後ろから首にコードを巻きつけた。恭平君は私の姿に気づいていたが、呆然として、声も上げられなかった。真棹の首にかけたコードは、私があわてていたせいか、腕が交差する格好になってうまく力が入らなかった。仕方なく、私はそのまま真棹を吊り上げるようにして、息の根を止めた。死体が絞殺の徴候を示していなかったのは、そのせいだろう。決して意図したことではなく、偶然そうなってしまったのである。

「被害者の姿勢が大きな役割をはたしたわけだ。ベッドの上に四つんばいになって、上体をのけぞるような格好をしていたとすれば、縊死と見まがう索条痕が残ったこともうなずける。腕に力が入らなくて、結果的に気管の閉塞が起こらなかったという点も、ありえないことじゃない」

「いずれにせよ、法医学的見地からみて、まれな例であることは確かです」

　その後のことは簡単に記すにとどめよう。

　恭平君は真棹の死について、まったく責任はなかったが、彼の立場は私以上に厳しいものだった。彼は事態をなんとか穏便に収拾する道を探り、真棹の死を自殺に見せかけることで窮地を乗りきろうとした。死体にネグリジェを着せ、梁から吊したり、シーツの乱れを直す等、事後工作を行なったのは、ほとんど恭平君である。私たちの指紋を消したのも彼だった。私自身はほとんど人事不省の状態にあって、あまり彼の手助けにはならなかった。役に立ったのは、ベッドの下の隠し金庫から、強請りの証拠書類を全部引っぱり出した時だけだ。

離れの周りに雪が積もっていることに気づいたのは、そういった工作をすませて、母屋に戻ろうとした時だった。三時にはなっていたと思う。私たちは驚きのあまり、途方にくれたが、恭平君が冬規氏の部屋に電話で助けを乞い、そして冬規氏があの困難な状況を逆に利用する、天才的なトリックを発案することで、絶体絶命の危機から救われたのだった。

もっともその時からすでに、この犯罪の主役は、私ではなく、沢渡兄弟に代わっていた。私がその後はたした役割は、ごく小さなものでしかなかった。もちろんこれは沢渡兄弟に責任を転嫁するつもりではなく、私の心境を述べているにすぎない。真棹殺しの全責任は、この私ひとりが負うべきものであることに変わりはない。

離れを出る時に、灯りを消したのは、私のしたことだ。その時は、それが自然であるように思えたのだ。私は役に立つつもりでやったのだが、結局足を引っぱっただけだったとは。

言うべきことは、これでほとんど終わりだが、あとふたつつけ加えておこう。

ひとつは、峰裕子さんが言った当夜のアリバイのことである。とっくに気づかれていたと思うが、あれは私をかばうために裕子さんがでっち上げた嘘の証言だ。誓って言うが、私は彼女の部屋で夜を明かしたことなどない。

なぜ彼女がそんな嘘をついたかと、不思議に思われるかもしれないが、これには少し複雑な理由がある。裕子さんは、ひそかに私のことを実の父親ではないかと疑っているのだ。

もちろん、それは根も葉もないでたらめだ。私は若い頃、なにかのパーティーで、彼女の母親と同席したことがあるはずだが、言葉をかわしたという記憶すらない。そのようなとんでもない妄想を裕子さんに吹きこんだのは、言うまでもなく、真棹の仕業である。真棹はそんなふうに他人の運命を捏造（ねつぞう）することを、この上ない喜びと考えていた。何度も言ったように、真棹は支配欲に狂った女傀儡（くぐつ）師だった。

このことひとつでも、真棹の異常さを十分証明できるのではないだろうか（と真棹を非難する一方で、私は裕子さんの誤解を利用するつもりでいる。あなたはこの告白書を彼女の手から受け取ることになるだろう。明日、彼女は私のために、もうひとつ重要な役回りを演じてくれることになるが、決してそのことで彼女を責めないでほしい。責められるべきは、私自身の卑劣さである）。

「おまえの想像も、完全に的はずれではなかったことになるな」

綸太郎は首を振って答えた。

「でも後味はあまりよくありませんね」

最後に、私たちが持ち去った強請りの関係書類についてふれておきたい。

その処分を思いついたのは、この私自身だった。真棹が死んでしまった以上、それらの紙切れはなんの意味も持ちはしない。私は初めから、真棹の後を継ぐ気などなかった。未発覚の犯罪が数多く含まれているゆえに、あなたは口惜しく思うかもしれないが、書類はすべて焼却した。

いや、すべてではない。たった一件だけ、残しておいたものを、この中に同封した。この情報をどのように料理するのもあなたの自由だが、ひとつだけ忘れないでほしいことがある。これは私の沢渡冬規氏に対する、最後の友情の証なのだ。

前に私が、『汝自身を知れ』というメッセージの真相を、彼にうちあけなかった理由を答えた時、あなたはうさんくさそうな顔をしたが、あれは私の本心だった。私は彼が、いつまでもこの井賀沼にとどまり続けることを望んでいる。

これであなたに伝えたいことはすべて記した。支離滅裂な内容であることは承知しているが、私の気持ちはよくわかっていただけると思う。こういう結果を招いた責任はすべて私と真棹にあるのであって、沢渡兄弟に罪がないことをあらためて強調しておく。

自ら死を選ぶことにためらいはない。私にとって、真棹のいない人生は意味がない。土曜日の夜に、私はすでに死んでいたのだ。

篠塚国夫

便箋の間から、一枚の写真が床に落ちた。だれが、どうして撮った写真かはわからない。だがそこには驚くべき場面が写っていた。拾い上げる警視の手が震えた。

21

「法月です」

「ああ、君か」

「もうこちらのニュースは届いている頃でしょうね」

「とっくの昔に聞いたよ。女狐の夫が犯行を自供して、自殺したそうだな。これで事件も一件落着、めでたしめでたしじゃないか。君の面目は保たれたし、沢渡兄弟に傷はつかなかった」

「彼らは、殺人の従犯です」

「堅いことを言うな。それぐらいのことは大目に見てやれ」

「私がだめだと言っても、井賀沼署は二人を無罪放免するでしょう。篠塚氏の単独犯行ということで、一件書類は綴じこまれてしまう」

「それぱかりは、管轄署の裁量の範囲だからな。真犯人の自供がある以上、君がいくら文句を言っても、どうなるというものじゃない」

「どうせそう来るだろうと思いました。今度こそ、十分根回しが行っているのでしょうね」

「人聞きの悪いことを言わないでくれ。まあ、君にもずいぶん振り回されたが、結局は、私の思い通りにことが運んだわけだ。篠塚真棹は死んで、恭平君も無事だった。スキャンダルも立ち消えだ。私の計画を妨げるものはなにもない」

「それはどうかな」

「――今なんと言ったね？」

「いえ」

警視はしばらく黙っていた。やがて言った。

「ひとつ訊きたいことがあるのですが」

「なんだね」

「なぜ、私をこんな茶番に巻き込んだのです？」

「その質問には、前に答えたはずだ」

「建前の理由でなく、あなたの本心を尋ねているのです」

相手は言葉を失った。警視は続けて訊いた。

「あなたの本当の目的は、篠塚真棹を釣る餌という名を借りて、妻と私をおとしめることにあったのではないですか」

長い沈黙が流れた。受話器を握る警視の手は、じっとりと汗ばんでいた。

ようやく、相手が声を取り戻した。

「おまえの言う通りだ」

「なぜそんなことをした」

「わからないのか」

「想像はつく。あんたは、礼子が私と結婚したことが、気に入らなかったのだろう」

「――そうだ。おまえは礼子にふさわしい男ではなかった、おまえは馬の骨だ。礼子は、素直に私のものになるべきだったのだ。いいか、私は、礼子がずっと小さかった頃から、そう決めていた。私たちは、生まれついてのいいなずけだった。それが、親たちの暗黙の了解だった。

私は礼子の成長を、いちばん身近な場所からつぶさに見届けてきたんだ。おまえなどより、ずっと長い間だ。私が本当に愛した女は、礼子しかいない。それなのに、礼子はつまらぬ意地を張って、おまえのような男の妻になった。私にはそれが許せなかったのだ」

「だがなぜ、今になってこんなことをする。礼子はもう二十五年以上前に死んだ。なにもかも昔の話だ」

「二十年や三十年で、この恨みが消えるものか」

「きっかけがあったはずだ。それはなんだ」

「きっかけか。それがあるなら、おまえの息子だ」

「——綸太郎が？」

「最近おまえの息子が書いた本を読んだ。おまえたち親子はいいコンビだ。正直言って、おまえがうらやましいと思ったよ。私には、娘はいるが、血を分けた息子はいない。昔の恨みが、それでうずき始めた。たまたま篠塚真棹という難題を抱えこんだのと、時期が同じだった。両者は必然的に結びついて、このオペレーションが生まれた。おまえに屈辱を与えつつ、私の利益のために働かせる。優雅で考え抜かれた復讐だった」

「馬鹿な——あんたのような男の妻にならなくて、礼子は幸せだった」

「そう言いきれるかな？」

「なんだと」

「いいことを教えてやろう。私が篠塚真棹に流した噂が、すべてでっち上げだと思っているのか」

「どういう意味だ」

「なぜ礼子が自分で命を絶ったか、そのわけを知りたくないか」

「あんたは一体なにを言うつもりだ」

「礼子がおかしくなったのは、おまえの息子が生まれてしばらくたってからだろう。その頃、おまえは研修で二週間、東京を離れていたはずだ。前からそういう機会をうかがっていたのだ。私は無理やり礼子を外に連れ出して、力ずくで体を奪った」

「――嘘だ」

「嘘なものか。礼子が、死ぬ前におまえに書き残した言葉をおぼえているか」

――ごめんなさい。あなたのせいではありません。

「おまえのせいではなかったさ。この私のせいだったのだからな。私は人知れず、泣いたよ。だが私にそんなことをさせたのも、もとはと言えば、おまえが礼子と結婚したからだ。いちばん悪いのは、おまえなんだ」

「やめろ」

「だらしないな。泣いているのか」

こわれるほど強く、受話器を握りしめていた。

「そうだ。それが悪いか。俺は礼子のために泣いているのだ。いいか、俺はこの涙を忘れないぞ。おまえのしたことを忘れないぞ。俺はおまえを破滅させるだろう。おまえが枕を高くして寝ていられるのも、あとわずかだ」

「——楽しみに待とう」

そう言って、相手は電話を切った。

「お父さん——」

ふりむくと、綸太郎が心配そうに立っていた。警視は涙をぬぐった。

「俺はやはり年を取ったよ」

綸太郎はなにも言わず、いたわるように父親の肩をたたいた。

やがて警視が言った。

「東京に帰ろう。もうここには用はない」


翌朝六時半に、綸太郎のランドローバーに荷物を載せていると、『月蝕荘』の主人が玄関ポーチに姿を見せた。

「もうお帰りですか」

「ええ」

沢渡はサンダルのつま先で土を蹴りながら、気まずい口ぶりで言った。

「怒っているのでしょうね、僕たちのことを」

「いいえ」気のないふうに、警視が答えた。「あなたたちの立場では、ああするしかなかったのでしょう」

　沢渡はなにか言いかけて、言葉にならず、口惜しそうに唇をかんだ。

　綸太郎が、ランドローバーの陰から顔を出して、彼に声をかけた。

「沢渡さん、今さらこんなことを言うのはなんですが、あなたの考え出したトリックは見事なものでしたよ。特に、父に発見者の役をふりあてたのが、秀逸でした。目的には感心しませんが、あなたの頭脳には敬服します。でも、あなたは二つのミスを犯しました。それさえなければ、あなた自身は疑いを避けることができたでしょう」

「二つのミス？」沢渡の顔がゆがんだ。「ひとつはわかります、耳栓の件でしょう。だがもうひとつのミスとは――」

　警視が説明してやった。

「恭平君が脅迫を受けていることを、日曜日の午後、裏の河原で初めてうちあけられたと言ったことですよ。それでは時間的に、つじつまが合わない。その前に、私が東京からの電話を受けた時、あなたは二階から降りてきて、通話内容を尋ねたでしょう」

「ええ」

「その時、あなたは恭平君の結婚のことを持ち出して、私を懐柔しようとしました。

あなたは、『これ以上恭平に、大切なものを失わせたくはないんです』と言ったのですよ。

その言葉の意味は明らかでした。あの時点ですでに、あなたは恭平君の弱点を知っていたはずなんです。だから裏の河原で云々は、嘘だとわかりました。嘘をつくからには、完全にシロではない。そういうことです」

「なるほど」

寒風が吹きすぎて、白いものが舞った。夜が明けたというのに、空は明るくなる気配すらない。

「本格的に降りはじめる前に、出発しましょう」

「ああ」歩きかけて、警視はもう一度ふりかえった。「そうだ。香織ちゃんのことを、よろしくお願いします。あなただけが頼りですから」

「わかりました」

警視は助手席に乗りこんだ。

綸太郎が思い出したように、沢渡に声をかけた。

「峰さんに伝えてくれませんか。あの小説ができ上がったら、コピーを一部、僕に送ってほしいと。送料は、着払いでけっこうですから」

沢渡がうなずいた。綸太郎はエンジンをかけ、アクセルを踏んだ。

「沢渡さん」と警視が言った。

「なんです」

「恭平君に注意しなさい」

車は走り出した。沢渡は、呆然と見送っていた。


ハンドルを切りながら、綸太郎が尋ねた。

「なぜあんなことを言ったんです」

「あんなこと？」

「沢渡氏に、弟に注意しろと言ったことです。どういう意味ですか」

「昨日、恭平君が東京に戻る前に、訊いてみたんだよ。本当は、君が真棹を殺したんじゃないかって」

「まさか、お父さん、そんなことはあり得ない」

「俺だって、本気で訊いたわけじゃない。どんな反応を見せるか、それが知りたかっただけだ」

「彼はなんと答えたんですか」

「自分はなにもしていない。なにがなんだかわからず、篠塚氏のすることを見ていただけだ。仮に自分が彼女を殺そうとしていたら、篠塚氏が黙っていなかったろう、そう答えたよ」

「一理ある。正当な自己弁護です。非難には、当たらない」

「それだけならな」警視は眉をひそめた。「まだその後があるんだ。彼はこう続けた。『僕には彼女を殺す理由がない。それどころか、僕は彼女と手を組もうとしていたぐらいだ。あの女には利用価値があった。兄の現在の狂った世界観を、根底からひっくりかえすことができると言ったからだ。兄を井賀沼から引きずり出すためには、彼女が必要だった。だからこそ、喜んで体を与えようとした。僕はあの女を手なずけて、兄を動かすつもりだった』」

「――支配欲に取りつかれた人間が、もうひとりいたわけですね」

「意外だったよ。兄の陰に隠れて、ずっと猫をかぶっていたんだ。あんな男とは、思いもしなかった」

しばらくして、綸太郎がまた尋ねた。

「彼女とは、なんの話をしたんです」

「――中山美和子か。大したことは話していない。ああ、あの子供を堕ろしたとかいう噂は、根も葉もないデマだ。彼女は、最初会った時に思った通りのいい娘だった」

「じゃあ、どうして篠塚真棹に脅されていたのですか」

「それも聞いたよ。だがだれにも話さないと彼女に約束したから、おまえにも言えない。いずれにせよ、彼女自身にはなんの責任もないことだ」

警視は言葉を切った。

車は国道に入った。粉雪が、フロントガラスに当たりはじめた。もう二人とも、無言であった。

視界は徐々に白くなっていった。中山美和子が半分べそをかきながら、最後に警視に微笑みかけた時の顔が、ふとよみがえった。それだけでも、井賀沼に来たかいはあったと思った。

やがてそれが、懐かしい礼子の顔に変わっていった。

雪がいっそう激しくなった。

引き裂かれたエピローグ　パート2

大ホールでは、披露宴の準備が着々と進められていた。入れかわり立ちかわり出入りするボーイたちの間を縫って、警視はゆっくりと目的の人物めざして歩んでいった。

警視の姿を目ざとく見つけて、向こうから近づいてきた。

「珍しい顔のおでましだな」

「フロントで訊いたら、ここにいると言うことだったので」

「段取りの最後の確認をしているところだ。娘の晴れ舞台に、しくじりがあってはかわいそうだからな」

「苦労が絶えませんね」

彼はじっと警視の顔を見つめた。

「法月君、君に招待状は出さなかったと思うが」

警視は苦い微笑みを浮かべた。

「約束を果たしにきました」

彼は首をひねった。

「約束などしたおぼえはないが」

「逮捕状が出ています」

「なんと言った？」

「逮捕状が出ていると言ったのです。松山文子殺害の容疑です」

「私のことなのか？」

「あなたが松山文子といっしょにいるところを写した写真を入手したのです。あなたは彼女の存在を、ずっと前から探り出していた。そして恭平君から手を引くように働きかけていました。彼女は、あなたの計画にとっても大きな障害だったのです。ところが、彼女はあなたの言うことを聞こうとしなかった。そこであなたは、自分の手で障害を取りのぞくことにしたのです。

今日の挙式までに片をつけるつもりでした。証拠固めに手間取りましたが、なんとか間に合いましたよ。去年の八月八日未明に、松山文子の住んでいた北区のアパート近くで、あなたを目撃したという証人を見つけました」

「もう逃れられないのだな」

「そうです」

彼は大きくため息をついた。

「――こうなったら、悪あがきはしない。認めよう」

「どうして全部、自分で始末しようとしたのですか？　配下の荒っぽい連中にでも任せておけば、あなたは手を汚す必要はなかったはずです」

「あいにくだが、そんな乱暴なつき合いはない。それに、あれこそ身内の問題だった。娘婿となる男の面倒を見るぐらい、家長として当然の務めではないか。他人に任せるわけにはいかん」

「篠塚真棹はそのことで、あなたにも脅迫を加えていたのですか」

彼は首を振った。

「そんな写真があることすら知らなかった――あの女も、直接私に脅しをかけるほど無鉄砲ではなかったらしいな」

鵜呑みにはできないと思ったが、警視はそれ以上尋ねなかった。自分がたどった長い回り道のことに思いを馳せていた。

「約束か」不意に相手が、寂しい横顔を警視に見せた。「おぼえていたよ。忘れるわけがないだろう」

「行きましょう」

「ずいぶん紳士的だな。手錠はかけないのか？」

警視はうなずいた。彼の腕を取って、歩きはじめた。

「待ってくれ」彼は足を止めて、会場を見渡した。「これもみんな無駄になるんだろうな」

「ええ」

沢渡恭平が、殺人犯の娘と結婚するような男でないことを、二人ともよく知っていた。

「――娘の花嫁姿が見たかった」

と新婦の父親は言った。警視は首を振った。

二人がホールを出る時、ウェディング・ケーキとすれちがった。

文庫版あとがき

文庫にするにあたってこの本を、読み返すというより、ぼんやりながめていた時、私は思いがけない二つの発見をして驚いた。自分の本を読んで驚くというと奇妙に響くかもしれないが、要は一度書いてしまったものについては、たとえ作者自身であっても、それを読む時には、相対的なひとりの読者でしかあり得ないということである。

発見のひとつは、ごく私的な事情に関係している。私はこの本を書き始める直前、それまで勤めていた会社を退職した。もっとも、勤めていたといっても、一九八八年の四月に入社して、同じ年の十一月にはもう辞めているのだから、ほとんど仕事らしい仕事はしていない。それに、こんなことを自分で言うのも何だが、私は落第社員であった。『密閉教室』が本になった直後に、執筆に専念すると称して、辞表を出したのだが――そういえば、人事部提出用の退職願の中で、退職理由の欄に〈執筆に専念するため〉と書いたら、そこは普通、〈一身上の都合により〉と記入するものだと上司に諭された——その行為は、実質的にある種の現実逃避にも等しかった。会社にいる半年ほどの間に、私はあまりにも無能な自分にうんざりしていたからである。それからすぐ実家に戻って、この本を書き始めたのだが、書いている間ずっと、現実の社会から降りてしまったという意識に悩まされて、あまりすこやかな精神状態ではなかった。二葉亭四迷ではないけれど、「本格ミステリは男子一生の事業に非ざるや？」などと真剣に思い詰めて、悶々としていたのである（余談になるが、昭和天皇が崩御したのは、ちょうどこの時期のことだった）。

私が驚いたことというのは、この本自体がそうした当時の自分の境遇を、露骨に正当化しようと四苦八苦していることなのだ。とりわけ沢渡冬規という登場人物をめぐる扱いに、それが顕著である。しかし、これだけは今でもはっきりと覚えているが、書いている時点では私の中にそういう自覚は全くなかった。驚いたのはそのためだ。社会から降りてしまった人物という設定にしても、単にプロットの要請上、そうなっているにすぎない——と思っていた。いや、それどころか、端（はな）から自己正当化の匂いにまるで気づいていなかったのである。これは不思議なことだが、ある意味では、全く自然な心の働きによるものかもしれない。しかし、今の私がこの本に激しい羞恥を覚えるとすれば、文章や設定の素人臭さ、人物造形の薄っぺらさなどよりも、まずこの点においてである。それも、自己正当化を図ったことそれ自体より、むしろそのことに全く無自覚であったことに対して、われながら鼻白む思いがする。

もうひとつの発見は、これ以降の作品にも影を落としている問題、いわゆる父子テーマに関連したものだ。私はエラリイ・クイーンのエピゴーネンたろうとして、クイーンのコピー探偵をシリーズに起用する地点から始めた。ほとんどの読者は芸がないと感じたらしいが、これは私のマニア的資質によると同時に、ひとつの戦略でもあった。『法月警視自身の事件』をシリーズの先頭に置いたのは、そうした意味におけるマニフェストにほかならない。ここで私は、三〇年代お屋敷パズラーにささやかな改変を加えようと試みた。法月警視の言動に、ピーター・ディキンスンの小説の主人公のような振幅を持たせようとしたのである。変な黒幕が出てきたり、意気消沈する解決にたどり着くのはこのためだ。むろんその試みはほとんど成功していないが、私の意図としては、決して黄金時代に安穏と閉塞するつもりではなかったのだ。しかし、そのこと自体はとりあえず、私の驚きとは関係ない。

この小説は、探偵役の父子関係に何となく不透明な暗部を残したまま、終ってしまう。作中では一応の説明がなされているが、必ずしもすっきりしたものではない。この設定はすでに述べた通り、法月警視の行動に振幅の根拠を与えるため、純粋に技術的な理由からそうしたものだったが、書き進めていくうちに、私自身だんだん気持ち悪くなってきた。物語の整合性という点から見て、法月警視と綸太郎は実際には血がつながっていないという結論が最もふさわしいようにすら思えたのだが、しかし、シリーズ探偵の出自にあまりにも深刻な背景を与えることにためらいを覚えて、結局、今のような形で書き終えた。悪く言えば、お茶を濁したことになる。

その後の作品で、私はこの時感じた気持ちの悪さをすっかり忘れてしまっていた。いや、忘れたと思い込んでいたのだ。ところが、昨年、『一の悲劇』という本を書いた後、しばらくたって、そろそろ文庫化の準備のため、この本を頭から読み直そうかという時に、私は突然、そのことを思い出して愕然となった。『一の悲劇』で扱われている父子関係の配置が、この本で不透明なまま放り出されていた部分と横すべり的に対応していることに気づいたからである。この場合でも書いている間、私がその照応に全く無自覚だったことは言うまでもない。しかし、この本で対決を避けた問題が、形を変えて『一の悲劇』に噴出していることは確実なように思える。すなわち、後者の結末で交わされる会話は、本来、この本の最後に置かれるべきものだったのかもしれない。

それにしても、大した作品でもないのに、手前みそなことばかり書き連ねて、むだな枚数を費やしてしまった。読者の目に見苦しい文章と映らないことを祈るばかりである。ただ、かつて津町湘二が指摘したように、「どんなつまらない、片々たる作品でも、作者にはひとつの世界を開くもので、自作を語る者はそれゆえ王様のように語らざるをえない。第三者の目には、それが作品の卑小と対照されて滑稽感を生むわけだが、逃れる術はない」こともまた事実である。もっとも、冒頭でも触れた通り、いったん書かれた本については、作者自身ですらひとりの読者以外の何者でもない。したがって、ここまで書いてきたことを読者が気にする必要はないし、むしろさっぱりと忘れてしまった方がいいのだと思う。

（一九九二年一月十八日）

新装版への付記

講談社ノベルス版『雪密室』は、一九八九年（平成元年）四月に刊行された。平成時代にスタートした作家探偵・法月綸太郎シリーズの第一作である――と書くと、何だか他人事みたいだが、なにしろ三十年以上前に書いた小説だから、自分の本なのにすっかり内容を忘れていた。自作へのコメンタリーとしては、旧文庫版あとがきでほぼ言い尽くされているのではないだろうか（このあとがきの文章は二十代の背伸び感がキツくて、自分でも居たたまれなくなるけれど）。

新装版のゲラを読み直していちばん驚いたのは、一九五一年のハリウッド映画「陽のあたる場所」に関する会話が出てきたことである。というのも、ちょうど「ジャーロ」（光文社）で連載中の新保博久氏との往復書簡「死体置場で待ち合わせ」の第4回（「ジャーロ No.86」に掲載予定）で、この映画について触れたばかりだったから。三十年前と頭の中身があまり変わっていないのは、記憶とイメージの持続を喜ぶべきか、それとも旧態依然たる進歩のなさを悲しむべきか。

『誰彼(たそがれ) 新装版』への付記の繰り返しになるけれど、本書はいにしえの昭和マインドと作家としての未熟さが見境なく混合した水銀アマルガムのような小説で、ダメなところ・時代遅れなところを除去したらほとんど原形を留めないものになってしまうだろう。したがって今回の新装版でも、内容と文章の修正は必要最小限にとどめた（ある登場人物の自称にブレがあるのは、表記ゆれではなく意図的なものである）。たとえば第三部の「靴のサイズ一覧表」の数字は、今の目で見ると小さすぎるかもしれないが、三十年前なら許容範囲内だったように思う。それでも女性陣のサイズはさすがに不自然なものがあり、一部数字を変更することにした。ただし、綸太郎の推理には影響が及ばないようになっているのでご安心を。

以下は趣味的な注釈。6章に出てくる「ウォーター・ミュージック」は、ロバート・フリップ（英国プログレッシヴ・ロックを代表するバンド、キング・クリムゾンのギタリスト兼リーダー）のファースト・ソロアルバム「エクスポージャー」（一九七九年）に収録されている。「洪水に関する曲」というのは、ピーター・ガブリエル（同じく英プログレの代表的バンド、ジェネシスの元リーダー）の「ヒア・カムズ・

ザ・フラッド」とメドレーになっているから。フリップ翁は現在七十六歳、バリバリの現役ミュージシャンだ。
ちなみに16章で「まだ生きてますよ」と言われたシド・バレット（同じく英プログレの代表的バンド、ピンク・フロイドの初代リーダー）は、二〇〇六年七月に六十歳でこの世を去った。死因は糖尿病が引き起こした合併症だったという。

（二〇二二年十二月）

イン・ザ・ウェイク・オブ・リンタロウ

坂嶋 竜（評論家）

一九八八年十月にデビューした法月綸太郎はその半年後、二作目となる『雪密室』を発表する。デビュー作とは異なり、作者と同名の人物が探偵役を務めるこの作品はシリーズ化され、二〇二二年末の時点で長編八作と短編集七冊が刊行されている（なお、本稿では作者の法月綸太郎を法月、登場人物の方を綸太郎と表記する）。

二〇〇五年の『生首に聞いてみろ』は「このミステリーがすごい！」と「本格ミステリ・ベスト10」でその年の一位を獲得し、本格ミステリ大賞も受賞している。また、日本推理作家協会賞を受賞した「都市伝説パズル」収録の『名探偵傑作短篇集 法月綸太郎篇』も出版されたため、それらを入り口とした読者がシリーズ一作目＝本書へと手を出すケースもあるだろう。だからシリーズを続けて読むための羅針盤、あるいは従来のファンが再読する指針となるように本書の立ち位置を示すなら、シリーズの船出を描きつつ、波乱に満ちた航海を予感させてもいる、ということになる。

そんな説明が可能となるのも、綸太郎シリーズが持つ様々なエッセンスがこの『雪密室』に詰まっているからにほかならない。法月は様々な手法で長編を書いてきたため、不安定な作風に見える一方、多彩な作風であるとも言える。それゆえシリーズ読者は本書から多様性に繋がる萌芽（ほうが）の多くを見いだすことが可能であり、初めて手にした方にはシリーズの進む先を夢想させることを可能としている。

しかし、それらを見いだし、それらを夢想するには前提となる知識も必要だ。だからまず、『雪密室』はどんな作家や作品の影響下で作られたのかを見ていこう。

法月作品に影響を与えた作家としてまず名前が挙がるのがエラリー・クイーンだ。だがクイーンこそ、その作家人生を通して試行錯誤を繰り返し、ミステリとは何か、フェアな謎解きとは何か、悩みに悩み続けた作家である以上、あとを追う法月が困難なルートを進むのも当然なのかもしれない。警察官を父に持ち、作者と同名の小説家が探偵役かつ視点人物をも務める、というシリーズの設定もクイーンの影響である。

しかし、法月はシリーズの船出にあたり、クイーンと異なる航路を選んだ。

あらすじを見れば違いは明白だ。信州の山荘に招待された法月警視だったが、雪の降りしきる夜、離れで首吊り状態の死体が発見される。犯人の足跡がないため警察は自殺と判断したが、殺人と直感した法月警視は息子抜きで捜査を始める——。

実にオーソドックスで、本格ミステリの定番とも言える内容・展開だ。息子を頼らずに警視が単独で事件を捜査する、というのは『クイーン警視自身の事件』方式でシリーズを始めるという法月の戦略だったらしい（途中で主役は綸太郎へと交代するが）。それに加え、本書にはシリーズで唯一、クイーンの国名シリーズよろしく「読者への挑戦状」が挿入されているのも特徴的だ。

これらの事実から、『雪密室』は番外編的作品と本家作品とをあわせたクイーン本格の純血種（サラブレッド）である、そう結論づけるのは早計だ。

本書の冒頭に掲げられた「白い僧院はいかに改築されたか？」という言葉に注目してほしい。これは都筑道夫の『黄色い部屋はいかに改装されたか？』というミステリ論集のタイトルにカーター・ディクスンの『白い僧院の殺人』を混ぜたものだ。カーター・ディクスン、すなわちジョン・ディクスン・カーは数々の不可能犯罪を書いた作家だが、『白い僧院の殺人』も雪が降ったため、密室状況となった離れで発見された死体を巡るミステリである。本書との類似点は明白であり、巻頭言はカーの不可能犯罪にクイーン流の探偵が挑戦する、という宣言だと解釈できる。

しかし、クイーンが得意とするロジックとカーが好む不可能犯罪＝トリックというのは水と油、とまではいかなくとも、簡単に混ぜられる要素ではない。

不可能犯罪ものではその不可能性を攻略するトリックをひとつ提出すれば解決するが、演繹的なロジックを用いる場合、前提から導かれる結論は一対一で対応し、結論はただひとつに定まることが求められるからだ。クイーンやカー自身も両者の違いについては自覚的な節があるが、法月自身も「密室――クイーンの場合」という評論の中でギルバート・キース・チェスタトンを引き合いに出した上で比較している。

わたしが思うに、ある面でカーとクイーンというのは、チェスタトンという父親から生まれた、血を分けた兄弟のような間柄に当たる。しかし、チェスタトンからカーが受け継いだものと、クイーンが受け継いだものは、一枚のコインの裏表のように対照的なものであるだろう。前者は不可能興味であり、後者は逆説である。

要は、謎に力点を置いたカーと、論理に力点を置いたクイーンという対比だ。そんな認識を持つ法月であれば、そのふたつを融合させるのが簡単でないことは承知しているはずである。それでも、あくまで両者の混血種として誕生したのが、本書『雪密室』なのだ。では、カーのトリックとクイーンのロジックとを融合するため、どのような手法を選んだのか――ヒントは前述の『白い僧院の殺人』にある。

殺人事件発生後、僧院にやって来た探偵役のH・M卿（ヘンリー・メリヴェール）は関係者から話を聞き終えたあとでこう宣言する。

「この不可能状況について考えよう。まず殺人犯の動機を見定めるのが肝心じゃ。殺人の動機ではなく、不可能状況を作り出した動機だぞ。これはすこぶる重要でな。なぜかと言うと、殺人の動機につながる最高の手がかりだからじゃ。（後略）」

最終的に殺人の動機を求めているため、『白い僧院の殺人』自体は法月と異なる方向を向いているが、事件を解決するために〝不可能状況を作り出した動機〟を解き明かすべきと主張している点は重要だ。H・M卿の言葉は、〝なぜそのトリックを使ったのか〟――ハウダニットに関するホワイダニットと言い替えられるからだ。

それこそが、カーとクイーンの良さを受け継ぐために法月が選んだ手法であり、巻頭言で都筑道夫をもじった理由でもある。そもそも『黄色い部屋はいかに改装されたか？』は本格ミステリの現状に憂いた都筑が理想のミステリとは何かを考察した論集だが、都筑の主張はふたつある。シリーズ探偵を創出することと、ホワイダニットという概念を拡張した上で重要視することである。

前者については『雪密室』から始まるシリーズ探偵を生んだのだから説明するまでもない。一方、ホワイダニットとは従来、〝なぜそんな行動を取ったのか〟という謎を解き明かすものだったが、都筑は解明に論理のアクロバットを加えることが理想、と説く。トリックを使う必然性を求めるだけでは旧来のものだが、緻密な論理にひねりのあるアクロバットを加えるべきだ、と主張したのだ。

その理論を用いれば、カーとクイーンの融合も可能となる。密室トリックに対してホワイダニットという視点からロジックを導けば、論理のアクロバットの先に真相が導かれる——混血種（ハイブリッド）を誕生させるために法月が選んだ手法だ。

だから「白い僧院はいかに改築されたか？」という問に対しては、カーやクイーンのように古典的な探偵、舞台設定を用いながら——白い僧院自体はそのままに、現代的な人物や人間関係を張り巡らせ、状況から真相を導くためのホワイダニットを追加することで、現代的なアップデートに成功している、という回答になるだろう。

そもそも高校の教室から机と椅子が持ち出されたのはなぜかというホワイダニットをメインに据えた『密閉教室』でデビューした法月であれば、『雪密室』へと至る流れも自然だと言えるかもしれない。

だが興味深いことに、法月は本書で示した方向性をすぐに変えてしまう。

結果的にカー寄りの作品となった『雪密室』に満足できなかったのかもしれない。オーソドックスな古典本格に見える作品となったため、様々な試みや内包した可能性が読者や評者から見過ごされてしまったようにも思える。だが、そんな状況だったからこそ法月の試行錯誤が始まった、そう思えてならない。

いわば、『雪密室』での挑戦なくして法月長編における多彩な作風は生まれなかった、そう言えるのではないだろうか。

シリーズ二作目の『誰彼』ではコリン・デクスターの多重推理とクイーンの国名シリーズとを融合しているし、三作目『頼子のために』ではロス・マクドナルドを意識した物語にクイーン式の探偵を登場させる、というように、法月の試行錯誤は繰り返される。だがその航海の困難さを象徴するよう、次第に長編発表の間隔は長くなり、法月は〝悩める作家〟とまで呼ばれるようになる。

しかし二〇〇五年の『生首に聞いてみろ』では複雑化した手がかりを解きほぐすように推理を行うことで、新たなステージに到達したことを示した。ちなみにこのタイトルは都筑道夫『なめくじに聞いてみろ』が由来である。近年の法月作品における都筑（及びチェスタトン）への接近は『法月綸太郎の消息』の解説に詳しいが、その萌芽はシリーズが出港した一作目の時点ですでに内包されていた。

萌芽といえば、『クイーン警視自身の事件』では〝親と子〟という関係性が事件の中心に位置していたが、同じテーマが本書にも通奏低音のように流れている。法月にとってこのテーマは重要な意味を持っていたらしく、その後も幾度となく繰り返される重要なキーワードとなる。

そんな〝親と子〟の変奏にしろ、〝悩める作家〟の軌跡にしろ、シリーズとして読んで初めて見えてくる部分もある。だから久しぶりに綸太郎シリーズを再読したい方はもちろん、作品を深掘りしたい方もぜひ、このままシリーズを読み進めてほしい。『雪密室』で出港したあと、法月は、そして綸太郎はどのような困難と出遭い、どのような航路を辿ったのか、どこで座礁し、どんな発見をしたのか――彼の功績を探す旅に出ることを願っている。読者の前にはすでに、追いかけるべき探偵の航跡（イン・ザ・ウェイク・オブ・リンタロウ）が存在しているのだから。

――その旅のすべては、『雪密室（ここ）』から始まる。

本書は、一九九二年三月に講談社文庫より刊行された
『雪密室』を改訂して文字を大きくしたものです。

|著者| 法月綸太郎　1964年島根県松江市生まれ。京都大学法学部卒業。在学中は京大推理小説研究会に所属。'88年『密閉教室』でデビュー。'89年、著者と同姓同名の名探偵が登場する「法月綸太郎シリーズ」第1弾『雪密室』（本書）を刊行。2002年「都市伝説パズル」で第55回日本推理作家協会賞短編部門を受賞。'05年『生首に聞いてみろ』が第5回本格ミステリ大賞小説部門を受賞。他の著書に『赤い部屋異聞』（KADOKAWA）、『法月綸太郎の消息』など「法月綸太郎」シリーズ、「怪盗グリフィン」シリーズ、評論集『法月綸太郎ミステリー塾　怒濤編　フェアプレイの向こう側』（いずれも講談社）などがある。

雪密室　新装版
法月綸太郎

講談社文庫
定価はカバーに
表示してあります

2023年2月15日第1刷発行

発行者――鈴木章一
発行所――株式会社　講談社
東京都文京区音羽2-12-21　〒112-8001
電話　出版（03）5395-3510
　　　販売（03）5395-5817
　　　業務（03）5395-3615
Printed in Japan

デザイン―菊地信義
本文データ制作―講談社デジタル製作
印刷―――株式会社KPSプロダクツ
製本―――株式会社国宝社

ISBN978-4-06-531130-1

講談社文庫刊行の辞

二十一世紀の到来を目睫に望みながら、われわれはいま、人類史上かつて例を見ない巨大な転換期をむかえようとしている。

世界も、日本も、激動の予兆に対する期待とおののきを内に蔵して、未知の時代に歩み入ろうとしている。このときにあたり、創業の人野間清治の「ナショナル・エデュケイター」への志を現代に甦らせようと意図して、われわれはここに古今の文芸作品はいうまでもなく、ひろく人文・社会・自然の諸科学から東西の名著を網羅する、新しい綜合文庫の発刊を決意した。

激動の転換期はまた断絶の時代である。われわれは戦後二十五年間の出版文化のありかたへの深い反省をこめて、この断絶の時代にあえて人間的な持続を求めようとする。いたずらに浮薄な商業主義のあだ花を追い求めることなく、長期にわたって良書に生命をあたえようとつとめるところにしか、今後の出版文化の真の繁栄はあり得ないと信じるからである。

同時にわれわれはこの綜合文庫の刊行を通じて、人文・社会・自然の諸科学が、結局人間の学にほかならないことを立証しようと願っている。かつて知識とは、「汝自身を知る」ことにつきていた。現代社会の瑣末な情報の氾濫のなかから、力強い知識の源泉を掘り起し、技術文明のただなかに、生きた人間の姿を復活させること。それこそわれわれの切なる希求である。

われわれは権威に盲従せず、俗流に媚びることなく、渾然一体となって日本の「草の根」をかたちづくる若く新しい世代の人々に、心をこめてこの新しい綜合文庫をおくり届けたい。それは知識の泉であるとともに感受性のふるさとであり、もっとも有機的に組織され、社会に開かれた万人のための大学をめざしている。大方の支援と協力を衷心より切望してやまない。

一九七一年七月

野間省一

フローベール　蓮實重彥 訳

三つの物語／十一月

解説＝蓮實重彥

生前発表した最後の作品集「三つの物語」と、若き日の恋愛を描き『感情教育』の母胎となった「十一月」。『ボヴァリー夫人』と並び称される名作を第一人者の訳で。

フＤ１
978-4-06-529421-5

小島信夫

各務原・名古屋・国立

解説＝高橋源一郎　年譜＝柿谷浩一

妻が患う認知症が老作家にもたらす困惑と生活の困難。生涯追い求めた文学表現探求の試みに妻との混乱した対話が重ね合わされ、より複雑な様相を呈する——。

こＡ11
978-4-06-530041-1

西尾維新 零崎人識の人間関係 無桐伊織との関係
西尾維新 零崎人識の人間関係 零崎双識との関係
西尾維新 零崎人識の人間関係 戯言遣いとの関係
西尾維新 xxxHOLiC アナザーホリック ランドルト環エアロゾル
西尾維新 難民探偵
西尾維新 少女不十分
西尾維新 本 題〈西尾維新対談集〉
西尾維新 掟上今日子の備忘録
西尾維新 掟上今日子の推薦文
西尾維新 掟上今日子の挑戦状
西尾維新 掟上今日子の遺言書
西尾維新 掟上今日子の退職願
西尾維新 掟上今日子の婚姻届
西尾維新 掟上今日子の家計簿
西尾維新 新本格魔法少女りすか
西尾維新 新本格魔法少女りすか2
西尾維新 新本格魔法少女りすか3
西尾維新 新本格魔法少女りすか4
西尾維新 人類最強の初恋

西尾維新 人類最強の純愛
西尾維新 人類最強のときめき
西尾維新 人類最強の sweetheart
西尾維新 りぽぐら！
西尾維新 悲鳴伝
西尾維新 悲痛伝
西村賢太 どうで死ぬ身の一踊り
西村賢太 夢魔去りぬ
西村賢太 藤澤清造追影
西村賢太 瓦礫の死角
西川善文 ザ・ラストバンカー〈西川善文回顧録〉
西川 司 向日葵のかっちゃん
西 加奈子 舞台
丹羽宇一郎 民主化する中国（習近平がいま本当に考えていること）
貫井徳郎 新装版 修羅の終わり(上)(下)
貫井徳郎 妖奇切断譜
額賀 澪 完パケ！
A・ネルソン 「ネルソンさん、あなたは人を殺しましたか？」
法月綸太郎 雪密室

法月綸太郎 法月綸太郎の冒険
法月綸太郎 新装版 密閉教室
法月綸太郎 怪盗グリフィン、絶体絶命
法月綸太郎 怪盗グリフィン対ラトウィッジ機関
法月綸太郎 キングを探せ
法月綸太郎 名探偵傑作短篇集 法月綸太郎篇
法月綸太郎 新装版 頼子のために
法月綸太郎 誰彼〈新装版〉
法月綸太郎 法月綸太郎の消息
乃南アサ 不発弾
乃南アサ 地のはてから(上)(下)
乃南アサ チーム・オベリベリ(上)(下)
野沢 尚 破線のマリス
野沢 尚 深紅
野村克也／宮本慎也 師弟
乗代雄介 十七八より
乗代雄介 本物の読書家
乗代雄介 最高の任務
橋本 治 九十八歳になった私

講談社文庫 目録

原田泰治 わたしの信州
原田泰治／原田武雄 泰治が歩く〈原田泰治の物語〉
林 真理子 みんなの秘密
林 真理子 ミスキャスト
林 真理子 ミルキー
林 真理子 新装版 星に願いを
林 真理子 野心と美貌〈中年心得帳〉
林 真理子 正妻(上)(下)〈慶喜と美賀子〉
林 真理子 大原御幸〈帯に生きた家族の物語〉
林 真理子 さくら、さくら〈おとなが恋して〈新装版〉〉
林 真理子／見城 徹 過剰な二人
原田宗典 スメル男〈新装版〉
帚木蓬生 日御子(上)(下)
帚木蓬生 襲来(上)(下)
坂東眞砂子 欲情
畑村洋太郎 失敗学のすすめ
畑村洋太郎 失敗学実践講義〈文庫増補版〉
はやみねかおる 都会のトム&ソーヤ(1)
はやみねかおる 都会のトム&ソーヤ(2)〈乱! RUN! ラン!〉
はやみねかおる 都会のトム&ソーヤ(3)〈いつになったら作戦終了?〉
はやみねかおる 都会のトム&ソーヤ(4)〈四重奏〉
はやみねかおる 都会のトム&ソーヤ(5)〈IN塀戸〉(上)(下)
はやみねかおる 都会のトム&ソーヤ(6)〈ぼくの家へおいで〉
はやみねかおる 都会のトム&ソーヤ(7)〈怪人は夢に舞う〈理論編〉〉
はやみねかおる 都会のトム&ソーヤ(8)〈怪人は夢に舞う〈実践編〉〉
はやみねかおる 都会のトム&ソーヤ(9)〈前夜祭 内人side〉
はやみねかおる 都会のトム&ソーヤ(10)〈前夜祭 創也side〉
原 武史 滝山コミューン一九七四
濱 嘉之 警視庁情報官〈シークレット・オフィサー〉
濱 嘉之 警視庁情報官 ハニートラップ
濱 嘉之 警視庁情報官 トリックスター
濱 嘉之 警視庁情報官 ブラックドナー
濱 嘉之 警視庁情報官 サイバージハード
濱 嘉之 警視庁情報官 ゴーストマネー
濱 嘉之 警視庁情報官 ノースブリザード
濱 嘉之 ヒトイチ 警視庁人事一課監察係
濱 嘉之 ヒトイチ 画像解析〈警視庁人事一課監察係〉
濱 嘉之 ヒトイチ 内部告発〈警視庁人事一課監察係〉
濱 嘉之 新装版 院内刑事
濱 嘉之 新装版 院内刑事〈ブラック・メディスン〉
濱 嘉之 院内刑事〈フェイク・レセプト〉
濱 嘉之 院内刑事 ザ・パンデミック
濱 嘉之 院内刑事 シャドウ・ペイシェンツ
濱 嘉之 プライド 警官の宿命
馳 星周 ラフ・アンド・タフ
畠中 恵 アイスクリン強し
畠中 恵 若様組まいる
畠中 恵 若様とロマン
葉室 麟 風渡る
葉室 麟 風の軍師〈黒田官兵衛〉
葉室 麟 星火瞬く
葉室 麟 陽炎の門
葉室 麟 紫匂う
葉室 麟 山月庵茶会記
葉室 麟 津軽双花
長谷川 卓 嶽神〈上・白銀渡り〉〈下・湖底の黄金〉
長谷川 卓 嶽神伝 鬼哭(上)(下)

講談社文庫　目録

長谷川　卓　嶽神列伝　逆渡り
長谷川　卓　嶽神伝　血路
長谷川　卓　嶽神伝　死地
長谷川　卓　嶽神伝　風花(上)(下)
原田マハ　夏を喪くす
原田マハ　風のマジム
原田マハ　あなたは、誰かの大切な人
畑野智美　海の見える街
畑野智美　南部芸能事務所 season5 コンビ
早見和真　東京ドーン
はあちゅう　半径5メートルの野望
はあちゅう　通りすがりのあなた
早坂　吝　○○○○○○○○殺人事件
早坂　吝　虹の歯ブラシ〈上木らいち発散〉
早坂　吝　誰も僕を裁けない
早坂　吝　双蛇密室
浜口倫太郎　22年目の告白〈―私が殺人犯です―〉
浜口倫太郎　廃校先生
浜口倫太郎　AI崩壊
原田伊織　明治維新という過ち〈日本を滅ぼした吉田松陰と長州テロリスト〉
原田伊織　列強の侵略を防いだ幕臣たち〈続・明治維新という過ち〉
原田伊織　〈明治維新という過ち・完結編〉虚像の西郷隆盛　虚構の明治150年
原田伊織　三流の維新　一流の江戸〈明治は「徳川近代」の模倣に過ぎない〉
葉真中　顕　ブラック・ドッグ
原　雄一　宿命〈警察庁長官を狙撃した男・捜査完結〉
濱野京子　with you
橋爪駿輝　スクロール
平岩弓枝　花嫁の日
平岩弓枝　はやぶさ新八御用旅(一)〈東海道五十三次〉
平岩弓枝　はやぶさ新八御用旅(二)〈中仙道六十九次〉
平岩弓枝　はやぶさ新八御用旅(三)〈日光例幣使道の殺人〉
平岩弓枝　はやぶさ新八御用旅(四)〈北前船の事件〉
平岩弓枝　はやぶさ新八御用旅(五)〈諏訪の妖狐〉
平岩弓枝　はやぶさ新八御用旅(六)〈紅花染め秘帳〉
平岩弓枝　新装版 はやぶさ新八御用帳(一)〈大奥の恋人〉
平岩弓枝　新装版 はやぶさ新八御用帳(二)〈江戸の海賊〉
平岩弓枝　新装版 はやぶさ新八御用帳(三)〈又右衛門の女房〉
平岩弓枝　新装版 はやぶさ新八御用帳(四)〈鬼勘の娘〉
平岩弓枝　新装版 はやぶさ新八御用帳(五)〈御守殿おたき〉
平岩弓枝　新装版 はやぶさ新八御用帳(六)〈春月の雛〉
平岩弓枝　新装版 はやぶさ新八御用帳(七)〈寒椿の寺〉
平岩弓枝　新装版 はやぶさ新八御用帳(八)〈春怨　根津権現〉
平岩弓枝　新装版 はやぶさ新八御用帳(九)〈王子稲荷の女〉
平岩弓枝　新装版 はやぶさ新八御用帳(十)〈幽霊屋敷の女〉
東野圭吾　放課後
東野圭吾　卒業
東野圭吾　学生街の殺人
東野圭吾　魔球
東野圭吾　十字屋敷のピエロ
東野圭吾　眠りの森
東野圭吾　宿命
東野圭吾　変身
東野圭吾　仮面山荘殺人事件
東野圭吾　天使の耳
東野圭吾　ある閉ざされた雪の山荘で
東野圭吾　同級生
東野圭吾　名探偵の呪縛

2022年12月15日現在